BEYOND EMBA

古 典 音 樂 的 十 三 堂 職 場 狂 想 曲

黃莉翔

此書獻給父親、母親與妹妹莉棋

目錄

Beyond EMBA：古典音樂的十三堂職場狂想曲

推薦序

走進無牆音樂廳見山水

何麗梅——台積電財務長暨台積電南京公司董事長／台大EMBA

如果說EMBA是因不同而相遇、因改變而啟程的在職進修列車，我跟莉翔兩人就是最佳乘客之一，我來自科技界，她來自唱片娛樂圈，我與財務數字相處，她與感性創意共舞，我們在校期間沒交集，工作領域更為遙遠，但彼此從陌生到熟識，卻是客庄鄉下幽幽山水牽引的機緣。

如果我是從理性出發迎接感性，她則是跨出感性認清理性，在這本《Beyond EMBA》場景中，莉翔創造串場人物克拉拉，虛實交錯以類劇場形式，上演十三段故事，她筆下的克拉拉選擇了一條困難奇妙的路徑，猶美國詩人佛羅斯特（Robert Frost）筆下〈未走之路〉（The Road Not Taken）所言：「我選了一條較少人走過的路，而這讓一切變得如此不同。」（I took the one less traveled by, and that has made all the difference.）

將工作歷程在職求學交織的喜怒哀樂編入劇情，邀約古典音樂進場，在曲曲折折後，克拉拉與你我他，終於見山是山，見水又是水了。

推薦序

《Beyond EMBA》，重點不是ＥＭＢＡ，而是Beyond

馬家輝——香港作家

這是散文，這是小說，這是音樂的故事，這是職場的故事。莉翔透過真實和虛幻的敘事策略，引領讀者掌握生活和生命的力量，尤其在黑暗裡，學習窺探那必然存在但你可能茫然不察的光明。寫這些文字時的莉翔，身處人生谷底，最爛最低潮，憑藉書裡的故事，她走出來了；她可以，你也能。《Beyond EMBA》重點不是ＥＭＢＡ而是Beyond。超越自我困限的力量，就在故事裡，你來聆聽，你即重生。

推薦序｜Beyond EMBA，重點不是EMBA，而是Beyond

推薦序

音樂想起．響起人生

林宜標——時藝多媒體總經理

認識本書作者莉翔，是她剛完成歐洲學業回來之際，而我們與當時相識的一群文青好友們，和台灣藝文界一起經歷了豐富又多折的時光。其中我們合作的一個既溫暖又前瞻的社會公益專案「馬友友的溫情秋天」，是彼此工作歷程中最值得的紀錄，但又是媒體新舊時代轉換時最後的美麗句號，當時莉翔在Sony唱片公司古典部，我在民生報活動組，我們為了九二一震災募款發行了一張古典跨界專輯，邀約馬友友、林昭亮、黃英、譚盾四位華人音樂巨星共襄盛舉，在民生報發行人王效蘭女士的熱情號召下，獲得誠品吳清友董事長和廣達電腦林百里董事長兩位企業家的全力支持，以音樂專輯銷售收入全額捐贈轉換為給埔里小朋友的營養午餐，這張限量專輯一上市瞬間秒殺，讓所有參與的人得到無比的成就和感動。

然而，就如書中貝多芬那篇故事所提到的「改變」，時代真的一直在改變，民生報最後一天的紀念版面上，「馬友友的溫情秋天」被列在藝文和企業合作的佳話紀錄，事件過去了，埔里的小朋友也長大了，但那段藝企結合的音樂，從來沒有消失過，一直永恆存在，甚至引領與醞釀著大家未來的改變和轉變。

多年後，莉翔進了台大EMBA，我進了政大EMBA，這兩家算是死對頭的學校，但私底下兩家EMBA同學們其實交流多，而且相處愉快。這段EMBA學習旅程，真是讓我們這種所謂的藝文工作者視野擴增了不少。

學音樂的莉翔跟學電子工程的我各自進到商學院世界，遇見來自不同領域的同學們，激盪出很多火花，當然也有衝擊，讓辛苦莫名的在職進修過程中，既享受再度學習成長的喜悅，又像書中所描繪的故事一般，經歷了一場驚奇的旅程。

人生際遇不同，世事更多變，我們都已經離開原本的公司，各自闖出自己的一片天，看完這本書，再度看見職場共鳴，再度想起音樂與人生同行的美好，而那隱藏在權力鬥爭中的酸甜苦辣，或許可在音樂中淡淡化為新的人生體會吧！

現在，就讓我們放首自己喜歡的音樂，看著書中的職場狂想曲……

推薦序

從古典樂的音符裡，奏出最寫實的人生樂章

曹世綸——SEMI國際半導體產業協會台灣區總裁

在半導體產業中，「異質整合」是近來最熱門的討論議題之一，更是下一波半導體產業發展的關鍵技術，一般皆認為，晶片透過異質整合，就能讓功能更加強大；而莉翔在我看來，正是一個「異質整合」最成功的範例，她擁有相當多元又與眾不同的人生際遇與職場歷練，而正是這種「異質」的拼貼，造就了她人生樂章的飽滿與豐富。

和莉翔結緣於台灣大學管理學院EMBA的課堂，在我眼中，她是一個相當難得且罕見的跨界人才，結合藝術、音樂、人文、管理與行銷長才於一身，藝文策展專家、古典音樂行家與企管行銷達人等多項看似彼此扞格的頭銜，卻透過莉翔自身豐富多彩的人生歷練與經多見廣的職場閱歷相互交織，譜出一曲和諧又無比扣人心弦的交響樂。

莉翔兼具多情善感、細膩浪漫的性格，以及實事求是、理性求知的韌性，這從莉翔

的上一本書《走進無牆美術館》就可窺知一二，她在該書中用策展的宏觀角度為她的故鄉新竹縣做了一場極具文化深度與地理風情的國際導覽，而她多次為新竹風城量身打造的主題展覽，也如同用藝術的能量在為新竹招商。新竹縣同時亦是台灣的半導體科技產業重鎮，與我目前的工作：經營半導體產業有著相當巧合的地緣關係，因此我除了是莉翔的EMBA同學，我們也同樣扮演為新竹產業做推廣與行銷的角色，可說藉由新竹的牽線，與她存在某種程度上相互合作的夥伴關係，故有幸可以在莉翔的新書出版之際受邀替她寫序。

在這本《Beyond EMBA》一書中，莉翔創造虛構主角人物克拉拉，以其堅定樂觀的性格與十九世紀一位傑出的德國鋼琴家克拉拉．威克相呼應，而我猜她之所以用第三人稱的全知者角度來描述她所經歷和聽到的故事，或許是她想盡量用最客觀的方式來詮釋她的職場生涯點滴及台大EMBA兩年的求學經歷。莉翔也巧妙地用古典音樂的名家與奏章詮釋她周遭的真實人物，輕快流暢又揮灑淋漓的描述筆法，讓所有似假似真的故事主角，以及主角克拉拉於不同職場處境下的心情寫照被刻畫得栩栩如生、躍然紙上。

讀完這本書，讀者不僅可以對莉翔或者是克拉拉其敏感、細膩與熱情的性格有了最深層的洞察與理解，書中活靈活現的職場篇章與唯妙唯肖的人物故事，更令人感受到莉翔筆下娓娓傾訴著那些人、那些事、那些是是非非與風風雨雨，如何成為她驀然回首時成長與領悟的養分，這些職場際遇透過洋洋灑灑的文字忠實再現，無疑也記錄下莉翔一路以來始終秉持的一種樂觀的人生哲學。

《Beyond EMBA》這本書還有一個有趣的地方，在讀完以後，我發現每一位莉翔提及的古典音樂大師，都恰巧可以用來闡述她及她作品具備的特質：她有舒曼般的熱情奔放、情感沛然，她有舒伯特的溫和靦腆、貝多芬的率性任真、巴哈的才華洋溢、李斯特的彬彬有禮、蕭邦的抒情浪漫，而她的作品更如同史卡拉第的低調雋永、海頓的輕快幽默、威爾第的美妙婉轉、布拉姆斯的內斂深情，且擁有普契尼的戲劇化力量。

真心推薦這本莉翔的新書，書中引人入勝的故事與蒼勁細膩的筆觸，絕對值得您細細品味再三！

推薦序｜從古典樂的音符裡，奏出最寫實的人生樂章

推薦序

兩端世界的新樂章

林明輝——Lexus本部本部長／逢甲大學EMBA

每個人都有自己的生命樂章，有時慷慨激昂，有時低吟悲傷，橫跨商業與藝文兩端世界的莉翔生命樂章相當獨特，她融合紮實的古典音樂造詣和多年企業實戰經營，以及在EMBA學習的經驗，以故事敘述方式，重新詮釋古典音樂及大師於當代的連結和意義，植入EMBA教室與人生職場之中，將遙遠的兩端世界緊扣一起，因此，全新的生命樂章以生動不落俗套的方式，譜出了動人的樂章。

推薦序｜兩端世界的新樂章

推薦序

歡迎經理人隨時進場看故事

張國竑——逢甲大學ＥＭＢＡ樂跑協會創會榮譽會長

這十幾年來，直接或間接經由我推薦而進入逢甲大學ＥＭＢＡ就讀的學長姐們超過百位以上，可見整體企業界和社會是多麼鼓勵企業經理人前來就讀高階管理碩士班，在職進修的價值和意義，總是深深吸引著眾多職場人。

感謝莉翔精心撰寫這本書，藉著古典音樂家們和女主角間隱喻了ＥＭＢＡ同學、師長和友人間的相遇點滴，拜讀過程充滿共鳴和驚喜，她以我們想都沒有想到的創意手法，為我們創作出奇妙的回顧和想像。不論是即將報考或者在學中的ＥＭＢＡ同學們，以至於畢業的ＥＭＢＡ經理人，這的的確確是本可隨時進場看故事的好書，不僅企業思維在共鳴處相遇，而且處處藏著我們可能陌生，或早已熟悉的古典音樂。

推薦序｜歡迎經理人隨時進場看故事

推薦序

有感而發

林昭圍——寬仕工業董事長／北大ＥＭＢＡ

我所認識的莉翔是個喜歡音樂的人，但她竟然將音樂和ＥＭＢＡ混搭寫成了十三篇故事，一本看起來可能和企業管理無關，但卻在故事細節裡暗藏企業管理中最具挑戰的人性。

古典音樂和ＥＭＢＡ，兩個不相干竟又可對話的語言，因此成為了趣味盎然的文字，好像阿基米德一樣天馬行空，將自然界的存在與可能變成人類無數工藝與科技發展的成果。而我個人從事螺絲設計與生產，螺絲產業世界公推祖師爺就是阿基米德，這位老兄也只是用支點及澡盆的玩耍精神，用一個木管放入帶連續螺片的木軸轉動，然後將尼羅河的水提升灌溉改變了農業農耕。

所以，當我翻閱《Beyond EMBA》時，再次體會到職場人的辛苦繁忙，也希望每個人在工作忙碌之餘能為自己安排適當的喘息空間。有緣相聚的朋友，可以像古人深山訪友如孟浩然過故人莊：「故人具雞黍，邀我至田家。綠樹村邊合，青山郭外斜……」如果只是偶見朋友，也可千山獨行不必相送如蘇軾定風坡：「回首向來蕭瑟處，歸去，也無風雨也無晴。」或是瀟灑如辛棄疾：「驀然回首，那人卻在，燈火闌珊處。」

我如此叨叨念念著這些喜愛的詩詞，是因為隨著這本書的故事，有感而發：只要活著，工作就享受於執著深入的片刻精彩，讓時間隨緣放任生活的多姿，隨人性本質活在當下！

推薦序

對生命與藝術的熱情

林寬裕——新北市文化局長

在峨嵋山上練就一身武藝，沒想到卻又先後以武當華山等不同功法威震江湖。這就是黃莉翔，一位跨界綜合體的奇才，也多虧如此學貫中西古今，我們才有機會可以綜覽她多年漫遊古典與流行音樂、視覺展覽、創意行銷、產業經濟等不同領域的心法，驗證十八般武藝確實可能集之於一人。

曾經我抱著葛洛夫音樂辭典求解，也拜讀她《走進無牆美術館》的新創思維，更多次交換展覽文化資產等各方面的意見，都深刻感受到莉翔對生命與藝術的熱情。閱讀本書，相信大家會與我有一樣的感覺，不管你是古典音樂迷還是商業管理控，或是才要下山行走江湖，一定會有滿滿的收穫。

自序

想像、想像、再想像

古典音樂，是ＥＭＢＡ教室裡不教的藝術
因為，古典音樂在職場上不具任何競爭力
但音樂既然能被人類譽為時間的藝術
絕對有其動人心弦的魔力
數百年以來對許多人產生了意義
而意義看不到，就像音樂看不見
然而，音樂的風格與音樂家的性格，經由狂想般的創作
置入毫不相干的企管課堂上

音符與數字，在人與人的相遇裡意外地有了十三篇故事

如果我是策展人
置入，就是策展手法
將古典音樂元素穿越時空置入在一棟管理學院內的ＥＭＢＡ教室裡
以十三篇故事創造一種好奇
為讀者創造對古典音樂的好奇
也告訴讀者ＥＭＢＡ教室裡教室外職場人之間的故事
而貫穿這些故事的女主角克拉拉，則是這個故事展場裡的導覽人

這位導覽人——克拉拉，其名字和靈感源自一位傑出的德國鋼琴家
近兩百年前的克拉拉·威克（Clara Wieck）
她堅定不悲觀的性格與貫穿本書的主角接近

《Beyond EMBA》十三篇故事裡的克拉拉雖然不是我
但我在ＥＭＢＡ旅程中的經歷以及對於古典音樂的體會
必定會反映在虛實交錯的人物與情節上
於類劇場的一幕幕戲裡
為音符與數字、商業與藝術，串起一條線
線上走的是忐忑不安但熱情向前的人性

自序｜想像、想像、再想像

人物關係圖

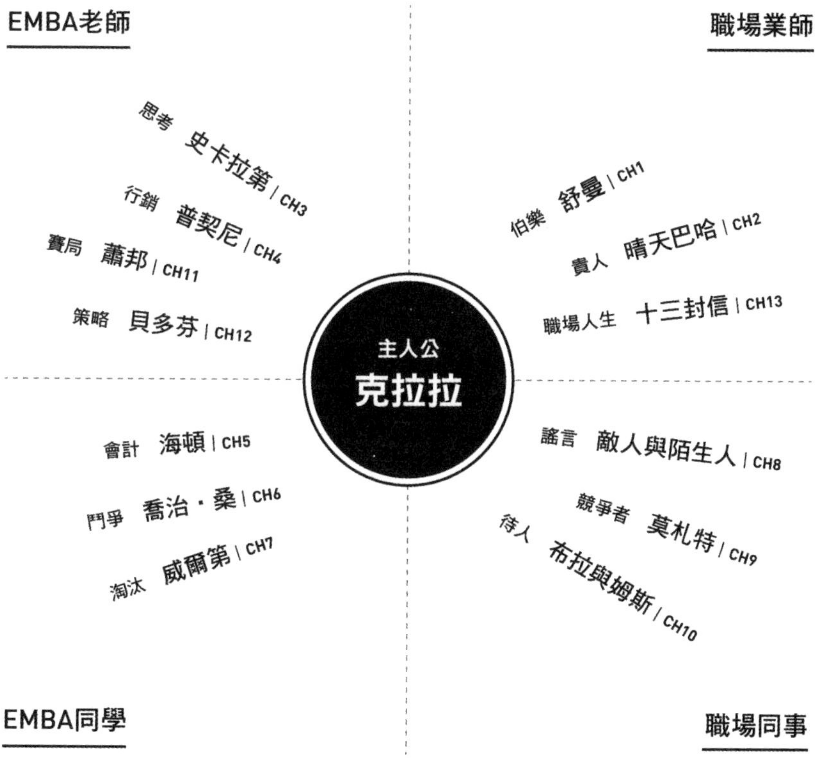
EMBA老師
思考 史卡拉第 | CH3
行銷 普契尼 | CH4
賽局 蕭邦 | CH11
策略 貝多芬 | CH12
職場業師
伯樂 舒曼 | CH1
貴人 晴天巴哈 | CH2
職場人生 十三封信 | CH13
主人公
克拉拉
會計 海頓 | CH5
鬥爭 喬治・桑 | CH6
淘汰 威爾第 | CH7
EMBA同學
謠言 敵人與陌生人 | CH8
競爭者 莫札特 | CH9
待人 布拉與姆斯 | CH10
職場同事

序　幕

在重視競爭力的EMBA課堂
隨處可見古典音樂裡的大師之魂

以十九世紀德國鋼琴家為名的導覽人克拉拉
串起音符與數字，深掘不同時空共有的人性真實
轉化成企管關鍵思考的十三篇樂章
引領你我在職場江湖裡安穩前行

零｜

因為人，古典音樂才會與EMBA相遇

職場點滴與兩年EMBA就學的回憶，投映在克拉拉心中是一幕幕關於「人」的畫面，人與人相遇，人與人交會，人與人相互尋找……

就像在人生的舞台劇中，借用英倫才子艾倫．迪波頓的文本演出屬於自己版本的《我愛身分地位》（*Status Anxiety*），克拉拉在漫漫人海中，謙卑誠懇地期望自己能像企管大師彼得．杜拉克一樣，擁有強大的職場能力。神奇的是，畢業之後，運轉的鏡頭並沒有停止，動人的劇情還在繼續。出了EMBA大門，在那些你爭我鬥的職場舞台中，和EMBA相關的人事與物，始終環繞在克拉拉的四周。

因為念EMBA，克拉拉的想法被一些本土實業家同學改變了，她不想再待在安穩有制度的外商公司，不想每天收發一封封看似專業卻缺乏真誠的英文信件，那些橫越太平洋、二十六個英文字母的拼貼，只是為了保全一份工作。然而，工作生涯的價值卻在此中漸漸失去某種意義，但說不明白那又是什麼。

有一天，她突然靈光乍現，為自己的工作取了一個名字：高級代工女工。她終於知道失去的意義是什麼——因為「代工」身分，那個不能做太多「自己」的自己。「代工」是follow their principle，而不是create my principle。抱持著理想的克拉拉想要嘗試做creator，而這在外商公司太難了，所以經由EMBA的人脈網絡，她跳槽到同學的本土公司擔任高階經理人，希望在這個寶島上踏踏實實做個creator。

上班第一天，許多同學好友送來了花籃，每個人都祝福她能鴻圖大展。她興奮地暗自發誓要展現所學，迫不及待要應用自己在書本中學到的一切。

克拉拉感覺未來就像ＥＭＢＡ這張名牌一樣閃閃發亮。但是在一片祝賀的花海中，她發現一個小盆栽，那是她一位非常敬愛的兄長舒曼先生送她的。舒曼先生是個有錢的老闆，卻只送來一盆小草，小到她以為是掉落下來的配件。

小盆栽旁邊插著一張小卡，上面寫著：「記得每天為這小盆栽澆點冷水。記住，是冷的水喔！」「天啊！舒曼先生送我的祝賀禮是澆我冷水。」克拉拉倒抽一口氣，心想這位最有智慧的兄長，可能是要提醒她什麼事，卻不明著說。不管了，已經上戰場了，先衝刺做個嶄新的creator再說。

衝鋒陷陣果然刺激無比，許多事情可以「自己作主」。但是，許多「人的問題」讓克拉拉開始失眠。起初，她一下班便要找長輩問問題，沒想到，「問題背後的問題」還真多、真複雜，複雜到實在不好意思再麻煩長輩。在這種狀態下，克拉拉仍憑著傑出專業贏得業績，然而「人」終究是面玻璃天花板，透明卻沉重，日益增加的壓力終於壓倒了她。最後，她決定離開這家可以做creator的公司。

離職的前一天，克拉拉才稍微理解明白彼得．杜拉克所說的：「你必須決定要在何處安身立命、知道何時該轉換跑道，才能讓自己在可能長達五十年的職場生涯中，保持生產力。」明白這個道理的同時她也親身體驗了。

有位企業家曾說：「下台時，背影要優雅。」一向樂觀的克拉拉想的卻是：「下台時，心情要詼諧。」詼諧看待世事難料，詼諧看待人心叵測，才能享受人生際遇。謝幕時，要忘掉自己的戲份，脫下主角的身分，因為掌聲要給所有與你在台上演戲的人，光環要給台下看戲的觀眾。做個creator是打一場戰役，也是讓別人看著的一場戲，當個稱職的演員就好，其餘都不需要管。

收拾職場戲服，她只帶走那個小盆栽，舒曼先生送的那盆。最後讓她決定放下那個可以呼風喚雨的高位，其中的關鍵因素是——舒曼先生罹患肺癌，被上帝帶走了。她失去一位可以倚靠的兄長，一個能幫她頂下那片玻璃天花板的精神支柱。而舒曼先生叮嚀過她的：「澆點冷水。」便成為他留給克拉拉的最後禮物。

離職後休息了一年，克拉拉考慮要到同學介紹的外商公司，她向擁有多家科技公司董事頭銜，但仍興致勃勃跨行擘畫新事業的張董同學尋求意見。張董同學反問她：「為什麼想重回外商公司？」她猶豫了一下回答：「因為他們比較有制度。」張董同學接著說道：「制度是人建立的，其實是看碰到什麼樣的人。」

克拉拉心想：「嗯，沒錯！」上一家公司的點點滴滴，擊潰了許多她在EMBA學到的精采學術理論，期間迸生出的疑問至今仍然無解，那些人在組織裡所發生的問題，她不知道是自己上課沒認真聽，學校沒教，或者無法教？

杜拉克曾說：「人比概念來得有趣多了。」可見「人」太精采了，連管理學大師杜拉克都只能形容為「有趣」，他流傳後世的經典大作中，也偏偏沒有針對人與組織進行剖析。無論大公司小老闆，小公司大老闆，職場舞台都像人類的大腦一樣，至今仍然是一團未解的謎，神經外科醫生與科學家只能告訴克拉拉大腦是「重達一點四公斤的粉紅色與灰色組織，由堅韌的皮膚包裹著，並浸泡在做為保護襯墊的腦脊髓液中，最外面再裝加上如骨一般堅硬的腦殼。」面對仍是團謎的「人」，EMBA的教授尚且看不清，如何教懂學生？

從EMBA教室望出去是一片草地。克拉拉經常想像那是陳之藩筆下劍橋那「如茵的草地」。在那裡，有敢於批判馬克思的勇者凱因斯，有羅素與伏爾泰，他們都在這片草地上作著看似遙不可及的夢。師生在風雨中談到深夜，「你絕難聽到什麼結論，最後是把你心天上堆起疑雲，腦海裡捲來巨浪，進來時曾覺得清醒的不得了，出去時帶走無數的問題。」這是陳之藩念兩年劍橋的心得。他對這種「狀況」的建議是：在那片草地上「灑下自己一些謙遜的夢想」。

克拉拉凝望著自己眼前這片連接兩棟管理學院的草地，她心想：「我灑下的何止是一些夢想？」過去這些年，除了夢想，還有狂想、亂想、奇想，讓日子如風起雲湧，偶成驚濤駭浪，交錯的問題與答案燦爛如星雨，成就人生舞台一幕幕的畫面。

草地上，藍天下，是克拉拉人生中一段段意外的歲月。她走向草地旁的停車場，打開自己車門，啟動引擎，車子緩緩經過管理學院的大門，穿過一個又一個的路口，回憶就如此倒影紛沓而來……

零｜因為人，古典音樂才會與EMBA相遇

第一幕

克拉拉引領我們探索職場百態
率先登場的是職場導師

Mentor是伯樂，也是貴人
他們超越了企管教室與辦公室
如若能在職場中相遇
便能為我們帶來溫暖亮光

一｜

伯樂舒曼・永遠守護的暗黑騎士

古典音樂史裡，舒曼（Robert Alexander Schuman）是克拉拉的丈夫及音樂事業夥伴，是她深信極具音樂才華的作曲家。克拉拉本身，則是最能詮釋舒曼作品的傑出鋼琴家。

本書中，克拉拉與舒曼並無發展出男女情愛，而是以千里馬與伯樂的關係，在彼此的生命裡占了極重篇章。

異國他鄉：舊金山機場的禮物

那年夏天，克拉拉從巴黎音樂學院畢業，獲得眾人羨慕的文憑後，做了一個掀起家庭巨浪的宣告：放棄當小提琴家。這至今在親友圈內仍是個謎的決定，發生在畢業前一個月，最偉大的韓國女小提琴家鄭京和的音樂會中。

克拉拉和同學坐在台下，聆聽台上偶像的演出，大家都相當興奮——除了克拉拉之外。中場休息時，她沒向同學道別，便離開音樂廳，跑回家寫了一封信給教授：「我不想和鄭京和一樣，我不想當小提琴家，我想走一條不一樣的路……」

她的指導教授羅蘭先生回了封郵件寫著：「妳做任何決定，我都支持妳。哇喔！『走一條不一樣的路』，這真是有意思，讓我好感動！」他們往返的信件裡頭，有著過去六年師徒間的默契，不需要多餘的解釋。

然而，克拉拉在台北的父母親卻激動萬分，不明白在巴黎的她究竟出了什麼事。從小花大錢、花心血、遠赴歐洲培養的專業，竟然在收到印證專業的文憑時戛然而止？克拉拉從小執著於音樂的熱情，就這樣毫無理由憑空消失？大家想不明白，也無法接受。

「我只是不想當小提琴家，沒說我不喜歡音樂，為什麼他們說我放棄音樂？我根本沒有放棄啊！」克拉拉打給在舊金山工作的姐姐。「我們家太傳統啦，總要來個革命鬧鬧，添點生氣，活動一下筋骨。妳先來我這裡吧！想一想『不一樣的路』是什麼，想好了再回家。」姐姐在電話的另一端安慰她。

克拉拉帶著宛若新生的心情，去到了舊金山。人生第一次不必揹負每天練琴的束縛，可以從所有人期待的成功模式中出走，去決定夢想的新輪廓，她感覺到自己的靈魂正在舊金山的藍天上空，自由地飛翔。

在舊金山過了一個星期，克拉拉對『不一樣的路』有了頭緒，打包好行李準備回台北。「我要開會，不送妳去機場喔，到了登機櫃檯，找個帥哥一起劃位。但也不要太帥，妳知道的嘛，這裡是舊金山……」姐姐瞇著眼睛對她微笑。

正當克拉拉背著小提琴在登機櫃檯四周打量，「嗨！妳是學音樂的啊？」身後一個長相普通的斯文男人友善地詢問她。克拉拉轉過身，眼睛卻直盯著他身旁那位英氣逼人的年輕帥哥。「是啊！我學過小提琴，你們也是回台北嗎？那我們就一起劃位吧。」克拉拉感覺到她的心湖正蕩漾著。

這是克拉拉第一次遇見舒曼，那個看似平凡的男人，成了她職場生涯最關鍵的導師，那是舊金山機場送給克拉拉的珍貴禮物。

奇妙的事：賣掉小提琴

舒曼是個被丟在舊金山小巷牆角的棄嬰，被一位警察發現後輾轉將他送到了孤兒院，是孤兒院內少數的亞裔小孩，在十二歲時被當地一對台灣夫婦收養。大學畢業後，他陪著退休的養父母回台灣定居，念電機背景加上雙語能力的優勢，很快地進入一家美商科技公司擔任要職，三十歲就爬到台灣區負責人的位置，兩年後辭職，和幾個朋友創業開了一家軟體研發公司。這次回舊金山，是去參加當年撿到他的那個美國警察七十歲的生日派對。

俊美的羅倫是舒曼的大學學弟，主修商業設計，是台北藝文圈小有名氣的平面設計師。相當沉默的他，一路上只回應克拉拉兩句話：「我愛搖滾，搖滾改變了世界，改變了我。」「古典音樂這個老翁，應該繼續在墳墓裡睡覺才對。」

克拉拉生平第一次聽到有人如此鄙棄古典音樂，那可是她犧牲無數童年玩樂、遨遊，奉獻了二十年歲月的東西！「你根本不懂古典音樂！」克拉拉氣呼呼地說，羅倫完全不理會克拉拉，保持靜默。「那妳可以想辦法讓他懂啊！甚至讓他喜歡。」舒曼說。

舒曼的這句話，在克拉拉心裡閃了一個光點：「我好像……在這句話裡，看到我所想的那條『不一樣的路』！」

「你這句話很妙耶，你再多說一點……」克拉拉緊接追問。「這個世界有學音樂的人、製造音樂的人、演奏音樂的人，當然也要有一種和人溝通、讓人喜歡音樂的人，這種人在幕後工作，卻也要最貼近大眾，羅倫就是他們要溝通、說服的其中一個。」

舒曼的回應讓克拉拉突然覺得，她的小提琴教授羅蘭先生就在眼前。

「你知道嗎？我這次回到台北，就是想成為你剛才說的那種在幕後工作的音樂人。」克拉拉興奮地對舒曼說。

「妳要怎麼做？」

「到唱片公司去。」

「可是，妳在巴黎音樂學院所受的專業訓練，根本不是為了將來到唱片公司工作。」

「我可以進去之後學啊！」

「妳有機會進去嗎？別人為什麼要教妳？公司不需要找個只會拉琴的人，他們要用有執行能力的人。」

「我了解，可是，我一定會想盡辦法。」

「妳的決心有多大？」

「回到台北之後，賣掉我的小提琴，怎麼樣？」

「賣掉小提琴，也要放掉過去音樂家總是高高在上的矯情身段。」

一路上他們不停地聊，舒曼愈來愈相信克拉拉真的會賣掉小提琴，克拉拉還計劃著要將賣琴得的錢，用來學企劃、學英文，學所有巴黎音樂學院沒教的職場技能。

飛機抵達桃園中正機場時，克拉拉告訴剛睡醒的羅倫：「我已經想好，我這把琴要賣多少錢了！」

捕捉冷風

在出境大廳，他們互留連絡電話。「妳應徵工作被人拒絕時，記得打給我。」舒曼說。「為什麼？」克拉拉不太高興地問。「我想知道別人怎麼拒絕妳，還有拒絕妳的理由。我已經可以想像妳被拒在門外的畫面了！」舒曼帶著自信的微笑說道。「我腦中也有畫面了！」羅倫竟然也開口附和。

克拉拉搞不懂，這兩個明明在太平洋上空時感覺還是朋友，尤其是舒曼，怎麼飛機一落地，就盡是一番揶揄？「克拉拉，我們開玩笑的啦！只是要讓你開始習慣被人貶損、被人批評、被人打壓，這是找工作的暖身運動。再見，保持聯絡喔！」舒曼上車前，回過頭補說這段話。

望著離去的巴士，「貶損」、「批評」、「打壓」這幾個字，在克拉拉心頭詭異地盤旋著。她站在出境大廳門外，等著來接她的父母親，他們想接的是一個「學成歸國、讓家人感到驕傲的女兒」，而她卻壞了他們的想望，毅然要走向不明的前路。清晨宜人的微風吹在臉上，克拉拉揉了揉眼睛，望著淡藍色的美麗天空。「迎向自己的，應該是前途光明的新生活，怎會是舒曼說的那種景況呢？」克拉拉有點不安地沉吟。

舒曼的話，是一道詭奇的冷風，那天在回家的路上，不時往克拉拉心裡吹送。這只是舒曼給的見面禮，往後幾年，他總是對克拉拉吹冷風、澆冷水，形塑她的職場歷練與價值。

願望

克拉拉在報紙上看到一家唱片公司招募企劃人員，她用心寫好履歷表寄過去，才隔兩天就接到對方來電表示「不錄用」。當對方溫柔有禮地道謝，克拉拉也學著有禮貌地回聲謝謝。掛上電話才想起：「我是不是忘了問她，為什麼拒絕我，還有理由是什麼？」

「我總要問出個原因，再去告訴舒曼……」克拉拉想了一想，然後撥了好幾通電話，轉過好幾個人，連總機妹妹都記得她這個怪女生。傍晚，她終於接上了那位早上打電話給她的人事部主任。「小姐，我已經跟妳說明白了，妳到底還想問什麼？」對方已經失去了溫柔。

「我們這邊有一大堆的理由，妳想要哪幾個？」

「我想要真的那一個。」

「妳的學歷太高了，而且，對不起，我們從不錄用學音樂的女生，謝謝。」

對方講完迅速掛斷，克拉拉心中卻沒有任何負面情緒，反倒很高興知道為什麼。

當天晚上，克拉拉打電話告訴舒曼「她被拒絕的原因」。「妳會難過嗎？」舒曼問她。「沒有耶，因為她說的兩件事都是事實，但那都不是缺點，我不會難過。」克拉拉平靜地回答。

「妳真樂觀。妳很想要這份工作嗎？」

「我昨天已經把小提琴賣掉了，我不去樂團拉琴，也不教琴，我很想要這份工作，我一定要得到這份工作！」

「明天我會幫妳要到一個電話，妳再去試一試。」

隔天，舒曼很技巧地問到招募部門主管祕書的電話。

「人事部幫這個部門找人，而這是部門主管祕書的專線，她應該看過妳的資料。主管的祕書是關鍵人物，妳要很真誠地告訴她已經知道為什麼被拒絕，但是，要想盡辦法讓她提供她老闆的電話。用妳的想像力吧，就當她是那個懶得理妳的羅倫！克拉拉，妳要加油！」

後來，克拉拉和那位祕書聊得很開心。「我表哥羅倫是個很帥、很厲害的設計師，他幫很多歌手設計過封面喔，他說他很想認識妳，希望有機會合作。」克拉拉誠心地說。掛上電話之前，她要到了那個主管的私人電話。

「妳打電話給他之前，先想一想要他錄用妳的理由。」舒曼提醒克拉拉。「給我一點提示，好不好？」克拉拉茫然地問。「羅倫那麼討厭古典音樂，妳要如何說服他去喜歡？妳有什麼辦法讓他喜歡？好好想一想吧！」舒曼笑著說。

舒曼搬出了羅倫，這一招發揮了激勵作用——因為克拉拉始終非常在意羅倫總是懶得理她。過了幾天，克拉拉和那個主管晴天巴哈碰面，當天，她就被錄取了。

興奮的克拉拉立刻打電話告訴舒曼。「恭喜喔！可是，第一次找工作就這麼順利，我會為妳擔心。」「什麼？為我擔心？」克拉拉不解地問。「第一次的過程太短了，妳已經失去體驗的機會。有一些重要的東西，妳得不到了。」

年輕的克拉拉，無法領悟舒曼的意思，她只覺得，自己身邊的歡樂泡泡，被舒曼的冷風吹破了好幾個。

心滿意足

剛開始，克拉拉和所有職場新鮮人一樣，缺乏實際的技能。不過，在歐洲受到的教育訓練，練就她凡事問「為什麼」的勇氣，讓她在摸索的過程中，能以較快的速度掌握工作的環節。但也因此讓她的直屬主管認為她喜好挑釁，是個麻煩的新人，盤算著要把她趕走。

上班一個月後，克拉拉被當時的直屬主管派去支援業務部，其實就是幫業務同仁送貨到唱片行，並協助店家盤點庫存，聽起來是個無聊的缺。不過，克拉拉對於送貨到店家這件事，卻覺得樂趣無窮。

每次將貨送到通路時，裡頭的店經理或店員總愛對克拉拉抱怨他們公司的種種，折扣太低、發貨通知太晚寄到、顧客訂的專單遲遲不來等等，這些抱怨都讓克拉拉感到新鮮無比。因為這是在辦公室沒能聽說的事。面對這些「新鮮抱怨」，讓克拉拉做得更有活力，也交到許多店員朋友。各個店家也喜歡找克拉拉講話，因為她總是專心地聽，還一臉開心，大家都不知道她在高興什麼。

黑騎士的守護

聖誕節過後，克拉拉決定跳槽到一家外商公司，擔任一個部門的主管。然而，真正進到新公司上班，才發現她的部門虧損連連。原來，克拉拉只是被當作最後的砲灰。

然而，經過克拉拉三個月的努力，她所負責的部門轉虧為盈，老闆問她怎麼做到的，她表示全靠「黑色的運氣」。這是舒曼傳授她的一招：「做任何事之前，仔細列出『壞運排行榜』和『必敗關鍵項目』，然後逐一想出解決辦法，再從這些辦法中，挑出『最黑的做法』——也就是最有把握，最不會被壞運、失敗所影響的方案。萬一，案子還是推動失敗，就要尊稱那是『黑色的運氣』，能讓你體驗可貴的失敗，那是種幸運。」

不過，克拉拉經常將「黑色的運氣」簡單詮釋成「極度悲觀和極度樂觀」。這其實也是舒曼的行事風格：绝不走中庸路線，因為他說自己是「在世界邊緣長大的人，體內只有極端的血液。」克拉拉確實曾領教過他的「極端風格」，更明確地說，那是她第一次被舒曼痛罵。

那一年夏天，克拉拉準備發行一張針對年輕人市場的新專輯，並計劃找一家飲料商以置入性行銷方式來合作。她請舒曼幫忙介紹廠商，很快的，舒曼問到一位朋友的公司有興趣談這個案子。

克拉拉在舒曼的引薦下，順利地和該公司的行銷經理見面，在短短時間內，大家聊得很愉快，幾乎已經達成合作共識，結束會談時，對方還說：「克拉拉，妳盡快給我看合作要簽的合約內容，我老闆下星期要出國，合約早點簽比較妥當。」克拉拉非常高興地說：「沒問題，等我回公司，會馬上弄給你。」

她和舒曼離開這家公司，走到停車場要開車時，舒曼忽然停下腳步，嚴厲地說：「妳為什麼沒有將合約帶在身上，或至少放在車上？什麼叫做『等』我回公司！這樣的做事態度很糟糕，妳知不知道！」克拉拉頓時語塞，驚愕地看著舒曼。「妳現在應該做的，是要從妳放在車上各種形式的合約裡拿出談好的那一款，而不是開車離去！再過五分鐘，那個行銷經理手裡應該要拿著妳的合約了！然後明後天搞不好你們就可以簽約了！辦完這件事，妳馬上可以進行下個步驟！不把機會掌握到極致，妳還要做什麼大事？妳到底有沒有競爭的動力？沒有，就回去教琴！把妳賣掉的的琴買回來呀！」舒曼怒罵完，甩了車門，把車鑰匙丟給克拉拉，轉身到路邊招一輛計程車，走了。

克拉拉呆立在停車場，好一會兒才回過神來。她拿起手機打給羅倫，哽咽地說：「羅倫，我不會開車，你可不可以來這裡把舒曼的車開回去……」

當羅倫趕到，克拉拉已經將眼淚擦乾。她坐在車上，哀傷地敘述自己方才的遭遇。「哈！妳被嚇到了喔？哈哈！」羅倫竟然開心地笑著。「小姐，他是看得起妳，把妳當接班人對待。沒事啦！待會我們開著他的車，去接他一起吃晚餐……」

到了晚上，克拉拉和羅倫在舒曼公司樓下等他，她手機的簡訊響起，訊息上面寫著：「妳必須學會堅強地面對指責，失去的尊嚴和獲得的勇氣，會彼此靠近。舒曼。」看著訊息，克拉拉心裡半是感動、半是震撼，她側過臉對羅倫說：「他怎麼還不下來啊？好會拖喔！我肚子很餓，我上去催他！」

克拉拉真正的「黑色的運氣」是，生命裡有一位黑騎士，以冷暗的節奏與音響，引領她穿過一片又一片充滿黑暗的森林。

被譽為音樂詩人的德國音樂家舒曼，他的《A小調鋼琴協奏曲，作品54》（*Piano Concerto, in A minor, Op. 54*）是這十三篇故事的開場音樂。舒曼一生創作無數精采作品，但此曲彷彿是他對情懷的千萬訴說，充滿強烈的浪漫內涵與力量。

二｜

晴天巴哈・恩師的提攜

1685年來到這個世界的巴哈（Johann Sebastian Bach），奠定了古典音樂成為偉大藝術的基礎，人稱音樂之父。而克拉拉的巴哈，則是以破例用人，開啟了她職場生涯的大門，縱使克拉拉後來走得很遠，他仍持續給予支持與鼓勵，如萬里晴空。

報考EMBA，需要出示兩張身分證：有頭銜的名片和在職證明書。克拉拉的「職場師父」晴天巴哈，在克拉拉幫他領取報名表的當天，失去了這兩張證件。那一天，報紙刊登了晴天巴哈卸下某集團副總裁職位的新聞。

克拉拉打電話詢問EMBA辦公室服務人員，想知道「歇業中」的菁英人士是否仍能報考，辦公室小姐親切禮貌地回覆她：「一定要『在職身分』，因為我們是『在職生』研究所啊！」

過了幾天，晴天巴哈約她在台北聯誼會喝咖啡。民生東路的台北聯誼會，一向是他們這幾年固定見面的地方，因為晴天巴哈每天一大早會到這裡游泳上健身房，運動完後，就直接在咖啡廳安排會議，任職副總裁如此，「歇業中」亦如此。

「我問過你們EMBA辦公室了，沒有工作不能報考。」晴天巴哈一坐下，便直截了當對克拉拉說。「我要不要再問一下？你的資歷都可以當我們的老師了，沒道理沒有學習的資格！」克拉拉認真問他。「謝謝，不用了！學校有它既定的原則，我們不要為難他們，而且，進修充電並不侷限在ＥＭＢＡ的教室裡。」他悠閒笑著說。

「接下來你會到哪家公司？」克拉拉問。

「不去任何一家公司，回到自己人生中唯一擁有的公司：我家，當家庭主夫。專業的說法是：親子事務部總裁。」晴天巴哈說話的表情，閃著期待新工作的興奮。「為什麼會想這樣？」克拉拉吶吶低聲問。「為什麼？哈！這得要從我女兒的手機說起……」

兩個星期前的週末，晴天巴哈難得在家休息，突然接到女兒從外面打電話回家：「爸，我手機忘了帶出來，在我房間，你可不可以幫我查一個朋友的電話？」他依照女兒的指示，在房間書桌上找到手機，也在她的通訊錄裡查到號碼。

電話掛斷後，他卻捨不得放下那支手機。基於父親身分的好奇，想瞧一瞧高三女兒的通訊錄都有些什麼人。他卻發現，在可記錄兩百五十個號碼的ＳＩＭ卡記憶體中，他竟然找不到自己。「會不會是因為她能背我的手機號碼？」晴天巴哈不禁樂觀揣測。然而再細想，他們好像也從沒用手機聯絡過，有什麼事，都是在他深夜返家後的一點空檔時間裡，匆匆兩語帶過。通訊錄中女兒卻有媽媽四組通訊數字：媽媽辦公室專線、美髮院、瑜珈教室、私人手機的號碼，就是沒有屬於父親的任何數字。

「我那個禮拜天都在想這件事，想著、想著，我胃都痛了。」晴天巴哈語帶調侃。「事業的危機可以克服或投降，而親情的危機，必須立即挽救。」長期和董事會的理念不合、長時間超時工作而來的身體警訊，都是晴天巴哈的危機，他選擇辭去副總裁的職務，暫時投降，回家修補和女兒的疏離和健康危機。

在晴天巴哈計劃的「休耕期間」，原本想返回校園念EMBA，沉澱過去職場種種經歷，並為日後復出儲備新能量，但卻沒注意到報考的「基本身分」。

「也許學校會破例讓你報考呢！你在產業的貢獻和聲譽是不需要什麼在職證明的……」克拉拉仍不放棄地說服著。

「克拉拉，我剛說過，要求破例是在為難別人！」晴天巴哈搖頭對她說。

「當年，你不也是破例錄用我？」克拉拉不解地問他。

「那是因為，當時我是當權者，我可以選擇破例而不為難到他人，在原則中創造不打擾人的例外。現在，角色不同，立場不一樣，了解嗎？」晴天巴哈對權力與相應立場的通情達理，還真是ＥＭＢＡ之外精采的應對哲學。

克拉拉當年剛回台灣，應徵晴天巴哈部門的企劃助理，在第一輪就被人事部主管刪掉。但由於舒曼的協助，得到晴天巴哈祕書的專線，祕書才給了克拉拉晴天巴哈的電話，讓她能直接找他面談。

第一次與晴天巴哈的會面，克拉拉一直記在心裡。「今天和妳見面，是因為妳打電話要求我給一個機會。現在，我給妳機會。這裡有張白紙，請畫一張圖告訴我，為什麼要錄用妳？」晴天巴哈的語氣，帶著親切又嚴格的獨特權威。

克拉拉在那張Ａ４白紙上畫了一棵樹，胖胖的樹幹上寫滿了她能做、願意做的所有事情，樹幹上的葉子只有稀疏幾片，但是右上角畫著一輪大紅太陽，中心寫了公司和晴天巴哈的名字。克拉拉畫完交給晴天巴哈後，他不發一語，拿起筆在樹幹上畫下一片片綠葉，接著問克拉拉：「妳明天可以來上班嗎？」「明天是星期天，要上班？」克拉拉問。「啊！抱歉，我高興地忘了明天是星期天！後天上班，妳可以嗎？」

日後克拉拉在晴天巴哈的指導下，學到無數扎實的職場能力，也得到許多經驗。一年後，她被外商公司的瓦力挖角並升任副理，晴天巴哈支持她到新舞台發揮，也不定時關心她的狀況。之後她因權力鬥爭失敗黯然離去，沮喪地無法和晴天巴哈聯絡。沒想到，晴天巴哈卻已經知道她的動向，暗中向另一家公司總經理推薦她。很快的，她又再度站上一個更好的舞台，在優異業績的護持下，成為一個高階經理人，並誤打誤撞地加入名校ＥＭＢＡ的菁英社群中。

他們一直保持聯繫，有時在台北聯誼會碰面，喝杯咖啡並交換產業訊息。大多數的時間是克拉拉提出問題，晴天巴哈協助她釐清盲點。有時候，他也會客觀地批評克拉拉，而這對她而言，卻充滿晴天巴哈對她的真情。他經常叮囑她，要永保好奇，別斷了學習。關於人際互動、ＥＱ問題，他總笑笑地說：「在人與人的互動中，年輕的妳最好多受點傷，別聽那些職場生存書上說的做人要圓融、要有智慧，關於人，是最需要付出代價學習，在受傷中才能體會的。」

有一次，克拉拉問晴天巴哈，為何不再找她回去工作。「關於決策，我很主觀，而妳很有主見，現在的妳，不見得是適合我的部屬。」晴天巴哈給了個深奧但直接的回答。他們之間的談話，從不高來高去，有時候克拉拉覺得，他尖直不轉彎、清楚刺辣的批判與指點，像是千金難買的一面鏡子。這面鏡子，總是提醒她要看清自己，也要找回自己。

名片，是菁英社會的識別符號；進名校ＥＭＢＡ，像得到菁英社會的商標。符號，隨著職場生涯的起落，忽明忽滅。商標，還需悠悠歲月焠鍊，才能通過驗證。而晴天巴哈這面真實丈量自己深度與廣度的鏡子，始終明亮。

克拉拉帶著EMBA報名表，走出台北聯誼會，猶豫地想回頭說些話，卻又徑直走往回家的方向。回到家，她找出她一直小心翼翼保存、當年和晴天巴哈面試時畫的那張A4紙。她拿著那張泛黃的紙張去便利商店影印一份，並在影本背後寫下：「這張紙，記錄你當年破例錄用的知遇之恩，我永遠記在心裡。」隔天，她把她的心意寄給了晴天巴哈，希望他能收到自己對他永遠的尊重。

每個人都有落在生命谷底的時候，那是一段黑暗時光。這時，不妨聽聽巴哈的鋼琴曲——《郭德堡變奏曲》（*Goldberg Variations*），或許能從中得到不可思議的力量，讓我們得以撐過一切。

第二幕

在EMBA課堂中，
克拉拉遇到各式各樣的老師與同學，
他們教她能在企業裡無往不利的核心能力，
或以自身的故事，向她揭示了職場上的硬道理。

三｜

在三號出口，史卡拉第的思考房間

1685年出生於義大利拿坡里的史卡拉第（Giuseppe Domenico Scarlatti），縱使是古典音樂迷，也不一定聽過這號人物。然而，如果沒有他，在音樂星光大道上，就少了五百多首大鍵琴奏鳴曲。

史卡拉第的音樂低調雋永，而克拉拉的史卡拉第，則是她EMBA旅程上的第一位老師，默默照看著學生。

克拉拉會去念EMBA，是因為一場音樂會裡的巧遇。

在唱片公司任職的克拉拉，總是在演唱會與音樂會會場進進出出，做為工作人員，她很少悠閒地坐在台下欣賞。一九九九年，美國鋼琴家普萊亞（Murray Perahia）來台北辦一場獨奏會。這位因手指受傷停止演奏好多年的鋼琴才子，復出後的音樂會場場爆滿，台北這場也是。

台上普萊亞的琴音像珍珠般灑滿全場，每個聽眾臉上寫滿了感動的幸福，連平常都不坐下來聽的克拉拉，都情不自禁地找個角落就位，想接住那些從舞台灑下的天籟。過一陣子她發現，身旁的中年男子一直緊盯著她的工作證。

普萊亞的琴音停止了，但音樂還凝結在空中，過了靜止的五秒鐘，掌聲爆響！掌聲提醒克拉拉該工作了，她一起身卻被身旁那男子叫住：

「請問，待會普萊亞會在後台簽名嗎？」

「會啊！你可以在二號出口排隊等他簽名。」克拉拉回覆這位紳士。

「小姐，真是謝謝妳！嗯，不好意思，請問妳是音樂會的工作人員嗎？如果妳會碰到普萊亞的話，可不可以幫我傳達一下，說我已經被他的音樂感動了快二十年，真的很感激他！」他表情真誠，雙瞳堅定溫暖，像是圍繞在天籟四周的淡淡藍天，眼前的畫面強烈吸引著克拉拉的目光。

「二十年，那麼久啊？」克拉拉回。

「從我在美國念書到現在，只要時間允許，我便會追隨他的音樂會，也因此去了各個國家和城市，人生有他的音樂相伴真好！」

「先生，可以請你待會在三號出口等我，陪我跟普萊亞吃宵夜，ＯＫ？」克拉拉直覺應該讓這位超級樂迷和普萊亞見上一面。

「啊？真的可以嗎？我、我其實只想託妳幫我轉達一下而已，我……」

「沒關係啦！反正大家都要吃宵夜，對了，請問你貴姓？」

「史卡拉第，我在大學教書。」

「好，史卡拉第老師，半小時後記得在三號出口等我喔，三號出口。」

陌生的史卡拉第，兩年後變成了克拉拉不陌生的ＥＭＢＡ老師。

史卡拉第老師後來知道克拉拉在巴黎學音樂，畢業後到唱片公司工作，現在已經做到部門經理了。普萊亞離開台北後的兩個星期，他寄了一封信，並附上《策略管理》給克拉拉。信裡除了感謝她的宵夜邀請之外，還提出要她來報考ＥＭＢＡ的希望。

「目前ＥＭＢＡ的學生大多來自金融與科技界，還沒有收過像妳這種背景的學生，希望妳能加入。若有任何問題，我會在三號出口等妳。史卡拉第老師。」信的最後一段這樣寫道。

當時克拉拉只知道ＥＭＢＡ是許多企業界菁英趨之若鶩的在職進修班，像是在資本主義市場中可以成功上櫃的公司，也是財經媒體報導的新寵兒。但是史卡拉第老師實在不像是教ＥＭＢＡ的老師，他像個教哲學的——身形清瘦硬朗，說話的節奏是最舒服的行板（Andante），眼神溫和帶些靦腆，但感覺其專業學養無比深大，有著溫柔的巨大力量，真像普萊亞的琴音。

「上次寄給妳的那本《策略管理》，只是一本功能導向的參考書，希望妳能從中獲得些許對工作有幫助的『思考』。到EMBA來，可以和很多人一起討論很多不一樣的想法，妳覺得如何？如果妳對『思考』有興趣，我會在三號出口等妳。史卡拉第老師。」克拉拉還沒多想，就收到了史卡拉第老師的第二封信。「思考」？EMBA有這堂課嗎？在這個實用萬歲、競爭生存的時代裡，管理學院爭相教授成本管理、金融投資、資訊科技、競爭策略等，什麼時候有這樣的一堂課？

「請問史卡拉第老師，我在網站的課程項目中找不到「思考」這堂課？實在很好奇這是哪位教授教的？」克拉拉回信問他。

「這堂課的一小部份是台上的老師教的，絕大部份是傳授自妳的同學及台下的人生老師，它存在每個課程中，更存在妳身邊所有人之中。」史卡拉第老師果然像是哲學系的教授，回了四句足夠讓她思考良久的話。

又過了一年，某天克拉拉收到史卡拉第老師寄來的報名表與簡章。「天啊！這位老師真感人，不僅提醒我報名時間到了，還幫我買好了報名表！」她實在找不到理由忽略這件事，趕緊請個假準備準備，但是給老闆的理由是出國探親——她並不覺得，老闆能同意她以後每個星期都得請假去上課。

筆試通過名單公布的那天早晨，克拉拉接到史卡拉第老師的電話。昏睡的她聽到電話那頭激動地說：「我原先根本沒把握，妳是不是能從一群念財經、理工的高材生中，擠進前五十名，看來微積分妳猜對了很多題，太好了！接下來的中、英文口試，對在國際會議中身經百戰的妳，應該是沒問題的！」他高興得好像是他自己通過考試，克拉拉不禁心想：「難道我們前世就是師徒關係？」

她對這位名教授也沒有特別好，當時只不過就工作之便，請他和普萊亞一起吃宵夜而已。一次相遇、一件小事，在三號出口等她的史卡拉第老師，也在名校EMBA的大門等她。陳之藩當年走出劍橋小火車站，第一篇寫的是〈實用呢？還是好奇呢？〉，EMBA對身分地位當然實用，克拉拉對音樂藝術之外的世界也十分好奇，同等有趣的是，史卡拉第老師和一群陌生人在「思考」的藍天草地等著她。

經過嚴謹的口試，克拉拉和幾位知名企業家，以及默默耕耘的企業菁英，成了「同學」。大家年齡差距很寬，專業領域迥異，每個人左右腦的平衡指數完全不同。「組合南轅北轍，思考的火花才能盛開。」史卡拉第老師在開學前的最後一封信這樣寫著，同時附上一本《卓皮納斯文化報告》（*Riding the Waves of Culture*），然後他就消失了。直到一年半後，克拉拉才在「國際企業管理」這門課的授課老師名單上看到他的名字。

史卡拉第老師並不是個社交活躍的人，而且總是避開財經學術界的鎂光燈，從不為自己的專業地位做宣傳。他是個古典氣息濃厚的學者，安靜沈穩，在講究知名度的授課教授名單中，顯得有些黯淡。而對一些追逐名師的EMBA學生來說，他的內涵沉靜得宛若山谷中的野百合，需要用慢板（Adagio）去體會，然而這種舒緩的速度，與學生急板（Presto）的求知欲望有著極大的不同。

因為對接不上，班上同學出現了兩極化的反應。有些在他上課時很少注視他，有些則聽得目眩神馳，尊敬之情貫滿眼簾。正當克拉拉分神觀察教室的同學，史卡拉第老師突然點名問她：「妳在法國學過拉丁文嗎？知不知道管理（management）這個字的拉丁字根是什麼意思？」「啊？抱歉，我忘了……」克拉拉尷尬回答。「沒關係，它的拉丁字根是『手』的意思。」他依然堅定溫暖地告訴大家。

「手靠大腦指揮，成就一切大小事，所以管理的靈魂在大腦，它是智慧或愚蠢的輸出站。智慧可以做對的事情或把事情做對，愚蠢就是做錯決定、看錯事情，我們坐在這裡，研究討論那麼多的國際企業管理個案，其實只是希望，智慧多愚蠢一些些。個案，是用來引發思考的。」一門企管重點大課，怎麼被他的幾句話詮釋得像「人生哲學」？

充滿哲學氣質的教課方式，有人感到焦躁不安，也有人在其中細細品味。在慢板的授課與急板的求知之間，幸運或有緣的同學，隨著史卡拉第老師行板的說話速度，找到深邃的企管理念。

在講到跨國企業文化管理的問題時，史卡拉第老師說：「我們需要一些謙遜和幽默感，以發掘我們之外的文化。準備好進入一個黑暗的房間，被不熟悉的家具絆倒，直到脛骨的疼痛提醒我們東西在何處。」這是他的五堂課裡，克拉拉記得最深的一段話。因為在工作中，最困擾她的就是文化衝擊。她在台灣出生，到法國求學，畢業後再回台北，對她來說，黑暗的房間不只一個。

「我相信妳比別人多擁有一點文化衝擊，這是讓人羨慕的。因為，並不是人人都有機會可以去察覺差異中的樂趣，咀嚼差異中的苦。當你通過了那些黑暗的房間，就可以學蘇格拉底說那句話：『我不只是雅典的公民，我也是世界的公民。』優遊自在地活著。」克拉拉畢業那天，史卡拉第老師給她這樣的一封信。

「可是，如果我在黑暗的房間裡走不出來，該怎麼辦？」她經常帶著這個問題，在三號出口等史卡拉第老師回應。

普萊亞音樂會的三號出口，開啟了人生的奇妙相遇。克拉拉每次經過時，總會放慢腳步，在行板中想著史卡拉第老師，在黑暗房間中感受心裡的光。

聽著史卡拉第這首《F小調鋼琴奏鳴曲，L 118》（*Sonata in f-minor L 118*），總會浮現出老師輕聲對學生說話的畫面，即使窗外飄著冷冷細雨，內心卻有暖暖的冬陽照著。

四｜

空瓶哲學與普契尼

古典音樂中，有「最會唱歌」的歌劇巨星普契尼（Giacomo Puccini），「最會」意喻擁有超絕技巧，如同搖滾巨星般可以讓台下聽眾如癡如醉近乎瘋狂；徹爾尼（Carl Czerny）這位奧地利作曲家、鋼琴家、音樂教育家，卻是因練習曲產量最高而奠定歷史上不朽的地位。提到古典音樂家，幾乎沒人會提到徹爾尼，但他的練習曲卻是成就一切技巧的基礎。

只是表現在不同地方的「最會」，得到的評價可能全然不同。而這也是「行銷」的奧妙所在。「行銷」，是手持理論武器的教授，與正在職場上打仗的學生交鋒的主戰場，是EMBA中最受挑戰的一門課。

克拉拉直瞪著眼前這本《行銷管理葵花寶典》上的作者簡介，每個字都像駭客般穿過頭皮，入侵神經系統，讓她心臟一陣痙攣。天啊！「行銷學界必讀的經典？」逛書店之前，她才剛把徹爾尼教授的這本書和所有上過課的講義全裝進垃圾袋，交給大廈清潔人員。

「我把行銷學的必讀經典當垃圾丟了？」克拉拉錯愕地喃喃自語。她雙手僵直地放下這本大書，正想挪開沉重的腳步離開它時，卻又瞥見徹爾尼教授的名字，大剌剌地出現在架上幾本暢銷書封面的推薦人之列。天啊！原來徹爾尼教授是行銷學領域裡德高望重的名人。她倉皇失措地離開書店。雖然這天氣候宜人，陽光明媚，但在清風徐徐中，她已失去了逛街的好心情。

如今回想起來，克拉拉最希望「說抱歉」的一堂課，就是徹爾尼教授的「行銷」。

「行銷」是ＥＭＢＡ入門必修大課，它是專業經理人的大腦，能左右商業行為的一舉一動，掌握市場永遠的千變萬化，這顆大腦可以讓產品發光發熱，也可以毀滅它。

克拉拉一直深信，這門課太難了。台下的學生一輩子無法學盡，台上的老師也始終難為，即使是歷練豐富、戰果輝煌的行銷大將，都無法真正傳授如何找到心目中的創意靈感，何況是要毫無實戰經驗的學者，去面對一群市場經驗豐厚的中高齡在職學生呢？在學術殿堂中，「在職」暗藏著挑釁的針鋒，也激起更多教學相長的空間。

當時，克拉拉質疑這門課被放入必修課程的必要性。「行銷」是瞬息萬變的，它是克拉拉景仰的神祕世界，即便背完所有行銷術語，看完所有行銷聖經，轉過身來，昨日招數瞬成明日黃花。看清戰場的趨勢有多難？克拉拉每次在進行新的產品行銷案時，真恨不得能站在上帝的肩膀看市場、看人心。

徹爾尼教授不是上帝，也不是上帝的使者，他是個體面有禮、行事中規中矩的老師，上課時總會準備一大疊講義。那時的克拉拉沒想過，這一疊又一疊的思想磚塊，會成為書店裡的《行銷管理葵花寶典》。他上課態度認真，不過缺乏名校老師該有的自信與威嚴，也缺乏行銷達人的靈敏與熱情。他總是對著黑板講話，不知道是覺得EMBA學生是一群惹不起的大人物，還是像不會動的黑板。在無聊的上課氛圍裡，台下的學生不是低頭忙自己的事，就是經常離開座位走出教室。

然而有一天，小號先生（Mr. Trumpet）卻走向黑板，站到台上。

那時徹爾尼教授正在播放一支Nike的經典廣告片：形形色色的人在下雨天輕盈愉悅地走著、跑著。正當影片中的動感世界讓人沉浸享受，教授突然以平淡的語氣說：「這支廣告片很貴吧。」接著他關掉影片，轉身在黑板上寫下：「行銷思維起源自人類的需要與欲求……」克拉拉和其他同學不禁莞爾，陸陸續續低下頭，繼續做自己的事。

這時，坐在最後一排，一向自視甚高的小號先生舉手發問：「請問老師，為什麼我們不多討論那支廣告的行銷創意呢？Nike如何創造新的walking感受？『需要與欲求』是對樓下大一學生講的東西啊！」話一結束，小號先生就真的walking向徹爾尼教授、

walking到台上去了。

「我可以告訴大家，看完那支廣告之後，我現在走路的感覺不一樣了！你們呢？」小號先生站在台上興奮地問，大家卻滿臉困窘，沉默以對。徹爾尼教授毫無發怒之意，臉色微紅地凝視著黑板，好似只有黑板了解他。

「老師您辛苦了！我們可以先下課休息一下嗎？」班代打破沉寂，委婉詢問已站到台下的教授。「哦？好啊！」

克拉拉看著徹爾尼教授離去的背影，心中很想對他說卻沒說出口：「你就迎接小號的挑釁，強勢一點啊！EMBA的課堂中不就是莽撞與穩重的相互碰撞？你畢竟是站在台上的老師，有金錢買不到的權力，你有權力引導我們，你有權力……」但他可能不擅長，或是不喜歡揮舞手中的指揮棒，下半堂課再度恢復單調與沉寂，而小號已經不在教室裡了。

徹爾尼教授的行銷課持續半個學期，克拉拉和其他同學也在這半學期的課程裡「忙自己的事」，台上的行銷理論是昨日黃花，台下的學生面對的是今日和明日的挑戰，台上台下頻率難以對上，下課變成一種解脫。時間一到，人手一疊講義漠然離開教室，講義寫什麼、徹爾尼教授說什麼，像是無聲的詠嘆調（Aria），無論是什麼聲音、動作，都在這個時空內靜止，直到普契尼老師出現。

每次上課，普契尼老師一進門就忙著滔滔不絕說話，也忙著在教室裡滿場跑，陽光般的笑容在黑胖臉龐上開滿，如向日葵那般有生氣，克拉拉不再低頭忙自己的事。「很高興有機會認識你們，你們寶貴的實戰經驗與體會，才能讓行銷書上寫的每個字有生命、有意義，我的任務是帶領你們思考與討論，加上傳授一點『行銷管理』和『行銷整合』的小學問……」他上課沒有講義，但是充滿驚奇。

「行銷，很簡單，不過是逛街看人買東西！但也很難，因為人在買東西時心裡想些什麼，你未必全都知道。不過，還是要多逛街、多逛新的路線、新的商店……」普契尼老師每次上課都會帶些最新、最炫的商品，要求學生進行專業的「品評」。他幽默搞笑不輸《心靈捕手》的羅賓．威廉斯（Robin Williams），講冷笑話時，你會看到發福的周星馳。

「克拉拉，妳最近和年輕小朋友到KTV都唱什麼歌啊？我也要學！」普契尼老師很愛唱歌，他最擅長的是黃梅調與嘻哈歌曲。黃梅調反映他身分證上的數字，嘻哈歌曲則顯現他不老靈魂的活力。「心態常保新鮮是行銷的萬靈丹，頭腦不斷轉動則是行銷的黃金法則。」他以身作則，贏得同學的注目，小號不僅回到教室，後來還邀請老師去KTV唱歌。

一學期的行銷課，在極靜與極動之後畫下休止符。徹爾尼教授無聲無息，幾乎沒人記得他的存在。過了半年，有一天他手拿一大疊講義，默默放到教室後面桌上。克拉拉回頭看見他。「這是美國最新的行銷理論，幫我拿給同學參考。」他第一次直視克拉拉說話，然後又無聲無息地離開。

由於沒有同學想要這份講義，克拉拉只好帶回家，然後她就沒再記得這些紙張，也沒再記起徹爾尼教授，直到過年前清理房間時，才發現堆在角落的那疊。

克拉拉倉皇離開書店後，她去找舒曼先生，想抒發一肚子的內疚。「他一定有相當的學問，只是不善表達，也不懂如何和你們這群人溝通，當時你們應該把自己當成空瓶子，聽他說話，坐在台下，妳忘了當空瓶子……」舒曼先生看著她說：「瓶子空一點，包容多一點。」

然而，當時只有班上較為年長的前輩同學們，有著克拉拉後來才能漸漸理解的智慧——待人的智慧，那是一種超越尊師重道的智慧。克拉拉終於知道，不是詠嘆調無聲，而是瓶子太滿，聽不到徹爾尼教授的歌聲。

普契尼有許多膾炙人口且家喻戶曉的代表作品，如《波希米亞人》（*La Bohème*）、《托斯卡》（*Tosca*）、《蝴蝶夫人》（*Madama Butterfly*）等傑作，其中，《我親愛的爸爸》（*O Mio Babbino Caro*）最適合做為此篇的配樂。這是普契尼創作的獨幕歌劇《強尼史基基》（*Gianni Schicchi*）中的一首詠歎調。優美動容到讓人可以放下所有成見，彷彿上帝和魔鬼同時藏在這些歌聲旋律裡。

五｜

海頓・獵人的眼睛

人稱交響曲之父的海頓（Franz Joseph Haydn），是樂史上一個快樂的老好人。他住在城堡裡，每日規律創作、演奏，擔任「音樂僕人」長達三十年，一生在平淡溫和中堅持著對音樂的探索。

在克拉拉就讀EMBA時，她遇到她的海頓，指導她和會計有關的惱人問題。好似在他的世界裡，再複雜的數字概念，都能平穩地駕馭統籌。

午餐，是克拉拉理解會計數字的時間。

凱菲屋，是克拉拉理解會計數字的地方。

海頓，是那一位老師。

二〇〇一年，海頓是一位著名會計師事務所合夥人，也是克拉拉「管理會計」這門課的同組同學。他樸實簡約、沉穩冷靜，說話用字相當精準。未接觸之前，他看似拒人千里之外，實際交談才發現他像童子軍般熱心助人。他被教授編在和克拉拉同一組後，更是如此：他自願當克拉拉的小老師，並協助她和教授溝通。

「管理會計」本就是克拉拉最沒把握拿高分的科目，更別說第一堂課時，教授竟然開了一個令人難忘的玩笑：「這堂課，只要學音樂的克拉拉懂了，我相信全班一定都能懂……」一個小玩笑，讓克拉拉頓時喪失睡意，感覺像猛然撞上震耳欲聾的樂團大合奏，那是約瑟夫．海頓的《驚愕交響曲》（*The Surprise Symphony*）。

為了消化老師的冷幽默，克拉拉深深吸了一口氣。這時，坐在身後的海頓悄悄遞來一片口香糖，以及一張小紙條：

「因為要教我們，他其實有點緊張，所以開個玩笑掩飾焦慮，沒事啦！」

「你那麼了解他啊？」克拉拉回海頓紙條。

「是。」他精準一字表示。

「那我以後就靠你和他溝通囉？」

「好。」海頓就這麼承諾了。

「會計」是企業表達營運的語言，沒有它，就沒有真相或謊言。既聾又啞的企業，是不存在的。克拉拉秉持著最謙卑的心，坐在教室裡等待挑戰，然而授課老師一開始不小心顯露的刻板印象，使她不禁質疑：「想學習會計觀念與管理原則，只能待在這間教室嗎？」沒想到最後讓克拉拉學好這門課的地點，卻是在君悅大飯店一樓的凱菲屋。

在教室裡，一開始即充滿質疑的克拉拉整堂課坐立難安，而台上老師演講式的教學，並且在時常來回踱步中出現停頓，不能適應的上課節奏，更讓她的大腦細胞無法順暢呼吸。班上同學中有許多是財務長與會計師，所以老師對全班預估了很高的理解水準，克拉拉還在疑惑分批成本制（Job-Order）與分步成本制（Process Costing）的差異，台上已經講到最小平方迴歸法（Least-Squares Regression Method）了。

腦子打結的克拉拉覺得時間漸趨遲滯，秒與秒之間的短暫，變成分與分，乃至時與時之間的漫長，她轉過身對海頓輕聲說：「我聽不下去了。」

「妳把聽不懂的部分寫下來。」

「全都聽不懂。」克拉拉據實以答。

「找出最不懂的，或是妳最想聽懂的，一定有！」他堅定回應。

海頓這條「找出最不懂的，或最想聽懂的」指令，果然奏效。克拉拉調整了自己的動機，像獵人般尋找屬於自己的獵物，一切顯得清晰許多。

下課後，海頓請她將所有「不知道的東西」列個清楚的「問題排行榜」。「明天早上我會和客戶在君悅的凱菲屋談事情，中午妳帶著妳的問題排行榜過來，我們一起討論。」會計課的新希望在凱菲屋等著它，克拉拉滿心感激地記住了。

午餐時段的凱菲屋，在亮白的陽光下充滿活力。克拉拉在海頓面前攤開兩大張「問題排行榜」，窗邊的光亮像在為她的問題打光。

「妳最想弄懂ＣＶＰ分析（成本—數量—利潤分析，Cost-Volume-Profit Analysis），為什麼？」

「它可以分析短期財務變化對收入和成本造成的影響，和我目前的工作有直接關係。」

「這就對了！從最熟悉的角度找問題，困難就會變得簡單，這是最好的學習方法，妳真聰明！」海頓的讚美讓克拉拉精神大振，但這也讓她感到不好意思：「這……不是他教我的嗎？怎麼變成是我聰明呢？」

為了貼近克拉拉的熟悉領域，海頓以著名的表演藝術組織《雲門舞集》，說明CVP分析中所使用的各種技術，從預測費用與收入（Projected Expenses and Revenue）、損益兩平點（The Break-Even Point）、邊際貢獻法（Contribution-Margin Approach）、方程式法（Equation Approach）、安全邊際（Safety Margin），一路到重要變動的連動關係（Interdependent Changes in Key Variables）。海頓像探險隊隊長，帶領隊員克拉拉，在數字管理的叢林中闖過一關又一關，最終撥雲見日。

週二的「午餐時間」，就這樣在凱菲屋進行了四個月，老師後來也知道海頓固定幫克拉拉補習，但也從不過問。期中考成績發布時，老師只淡淡說了一句：「克拉拉，妳及格了。」身後的海頓馬上傳來紙條：「他在鼓勵妳，要妳繼續加油。」「你很奇怪耶，我聽不出來他在鼓勵我？」克拉拉不解地回問他，只見海頓靜靜地回看台上的老師。這兩位年近半百的中年男子，課內課外從未見他們交談過，但似乎存在著一種無聲的對白。

期末考前，克拉拉卡在還本法（Payback Method）及會計報酬率法（Accounting-

Rate-of-Return Method），海頓看著一籌莫展的她說：「先忘掉這兩個投資決策製定的方法，我們回到這堂課的最前面：四種財務報表，妳完全懂了？」克拉拉點頭說懂了。

「妳可以解讀這四種報表上，數字背後所有的意義，就像分析一首交響曲總譜中所有音符與術語的涵義嗎？」

「應該可以吧。」

「有個教授說，這四種財務報表是專業經理人的四面佛，能引導企業營運，妳會活用它們就好，這門課妳就算完成了。還有什麼問題要問我嗎？」

「為什麼老師從來不問我哪裡不懂？哪裡跟不上進度？班上也有一些同學跟我一樣，剛開始根本摸不著頭緒……」

「我們和學校給他的時間有限，他只能先按照進度讓大家認識全貌，而且，EMBA的學生都是專業經理人，總會想辦法解決學習障礙。」

「我可以過關，完全是因為有你這位好老師！你在幫老師教我耶。」

在學期結束前的一堂課，老師要求每組上台簡報，輪到克拉拉這組時，她負責結尾的部分。報告結束時，克拉拉要求老師再給她一分鐘時間說說話。「這堂課，最感謝組長海頓的指導與協助，我覺得老師也可以謝他一下。」她在台上直率地發表感言，不顧老師的尷尬。

「他知道我會教妳啦。」海頓下課後對克拉拉說。

「為什麼？」

「我們是大學同班同學。」

「啊？那你們怎麼沒說過話呢？」克拉拉疑惑地盯著海頓。

「從他出國念博士就再也沒說過話，誰知道二十年後，因為我重回校園念EMBA才又碰面，他也蠻訝異。」海頓幽幽地說。

「可是……這堂課都上完了，你們兩個沒說上半個字？以前結過怨啊？」克拉拉睜大眼睛。

「我們沒有結怨，還曾經是拜把兄弟，但因為一個音樂系的女生，大家變尷尬了……所以，不知道該說什麼。」海頓的回答顯得有些艱難。

二十年前的海頓與老師，不僅是同班同學，也是同寢室的好夥伴。大四那年，兩個大男生參加外校的聯誼，不巧同時喜歡上一個音樂系的女孩，三個人的難題難以破解。

後來那個女孩選擇老師，他們一起出國念書，但是到美國之後卻分手了。而海頓大學畢業服完兵役，直接進入職場工作、成家立業，人生一路扎扎實實地走著，直到中年返回校園充電，沒想到就在這裡和昔日好友相逢。

克拉拉有好幾位同學，也和ＥＭＢＡ的老師曾是大學或國外研究所的同學，他們時常高興地說拜ＥＭＢＡ所賜，大家才有緣重逢。然而，海頓感謝這份機緣嗎？再相見的兩人，竟是以長達四個多月沉靜的理解與支持表達。

在會計數字間，海頓與老師能夠面對所有的問題，而在人生故事裡呢？

學期結束後的一個週末，克拉拉約海頓到凱菲屋，說要請他好好吃頓大餐，她也請班代邀老師到凱菲屋，說是謝師宴聚會。那一天的中午，她其實只幫海頓和老師兩人訂位，希望陽光滿室的凱菲屋，是他們真正重逢的地方。

職場上的數字可不能有驚愕出現，專業會計師會處理數字、擺平驚愕，好讓我們能安心聆聽這首海頓的《驚愕交響曲》。

六｜

喬治・桑・一場鬥爭瘟疫蔓延時

十九世紀法國小說家喬治・桑（Georges Sand），在古典音樂史上因為鋼琴詩人蕭邦留名。沒有她，就不會有蕭邦那些讓人無比動容的鋼琴作品。

而克拉拉遇見的喬治・桑，同樣是個堅強、有個性的女子，在面對詭譎多變的職場，她會做出什麼樣的回應？

星期四下午三點，遲到一小時的克拉拉悄悄地從教室後門，走到最後一排坐下。身旁的喬治．桑低著頭看自己的書，台上老師正滔滔講述當代最著名的激勵理論——「需求層級理論」（Hierarchy of Needs），講完還拉高嗓音強調期中一定會考。喬治．桑突然抬頭跟克拉拉說：「又考理論？建議老師考考我們對人性的理解吧！保證他會很滿意我們又厚又黑的回答。」

喬治．桑說話一向犀利又風趣，聰明幹練的她是外商科技公司經理，剛強又熱情，與「英國鐵娘子」柴契爾夫人有幾分神似。克拉拉很折服她的特質，只不過這位優秀姐姐下課時間總在教室外的中庭，右手挾著香煙，左手拿著手機不停講話，想和她閒聊個十分鐘都很困難。

「妳在看什麼書啊？那麼專心！」克拉拉好奇地問她。

「《誰搬走我的乳酪？》（*Who Moved My Cheese?*），昨天上任的新老闆，送給我們幾位主管的。」喬治．桑淡淡揚起得意的微笑回答。

「為什麼送你們這本書？」

「他說要和我們一起分享面對變化的智慧，激勵我們工作的士氣。」

「我主管也送我一本，可是，我沒有被激勵的感覺，我……感覺被警告……」克拉拉遲疑地說。

「是嗎？」喬治．桑不解地瞥了她一眼。

同樣一本書，兩人感受完全不同，人性是負向如X理論所說的，還是正向同Y理論呢？「組織行為」這堂課棘手之處即在此。它沒有數量分析與方程式這種精確的課程內容，既朦朧又深奧，可能只有像法國大文豪卡謬（Albert Camus）那樣細膩深刻的靈魂才能一窺究竟，如他的《瘟疫》（*La Peste*）一書即寫盡了人類行為的醜惡與高貴。黑死病何嘗不是職場的黑洞與瘟疫？浩劫可以凝鍊能量，跨越人性的正反面，銘刻出超越理論的精湛體會。

「醫生，你是如何學到這些知識的？」

他毫不猶豫地回答：「從苦難中學到的。」

喬治．桑原本堅決自信的眼神飄移了起來。「激勵與警告，怎麼感覺有點像連體嬰？」她有點不安地嘀咕著。

過了一個星期，克拉拉收到同學傳來標題為「喜訊一則」的電子郵件：「恭喜喬治．桑同學升任大中華區協理……」「這位優秀姐姐果然厲害！」克拉拉不禁為她高興。接下來的幾堂課，只見喬治．桑在教室與中庭之間忙碌往返，節奏緊湊到克拉拉找不到一個恰當的休止符，向她說聲恭喜。

期中考前的星期五晚上，克拉拉正和同事在KTV唱歌，吵鬧中手機鈴聲響起。「克拉拉，妳在哪裡？我可以去找妳嗎？」電話裡傳來了疲憊虛弱的女聲。「妳是誰啊？請講大聲一點！」「喬治．桑！」

克拉拉在KTV樓下等喬治．桑，滿腹疑問，畢竟兩人平日沒什麼互動，Friday Night怎會有交集呢？難道是喬治．桑昨天上課請假，要向她借「組織行為」的講義？但喬治．桑這等菁英哪會在乎考試，他們單憑上課時的印象，就能在試卷上揮灑自如，簡直聰慧過人。

「我被fired了！公司傍晚五點通知我：今天是妳最後一天。」

克拉拉不知所措地看著眼前這位優秀姐姐。「對不起，我找不到人說話，我難過死了，妳可以陪我嗎？真的很抱歉突然找妳。」喬治．桑聲音帶著沙啞。「妳……怎麼會這樣？那，我們趕緊找個地方坐下來吧。」克拉拉實在擠不出半個安慰的字眼，她無法想像這個一路過關斬將的人物，怎麼會突然摔下壕溝？

昨天小號先生才在課堂上詢問老師：「為什麼羅賓斯（Stephen. P. Robbins）的《組織行為學》（*Organization Behavior*）中，沒有關於組織重整與裁員的章節？」而好巧不巧，今晚這個主題竟然就出現在她眼前。「裁員」像一場暴風雨，將喬治．桑從枝頭掃到腳底下，而它來得如此突然且急速，只需要八個字的閱讀秒速。

「什麼原因呢？妳不是做得很好嗎？而且妳才剛升官不久，不是嗎？」

「組織重整。」

「這是什麼理由啊？」

「這是讓人無法回擊、百口莫辯的理由。」

「為什麼？」

「不用問為什麼，只要趕緊收拾東西走人，愈快愈好。」

喬治．桑刁著香煙的右手微顫，能看得出她正強忍著不讓眼淚潰堤，深沉的沮喪使她雙肩顫抖著，克拉拉只能睜著眼，無助地愣坐在一旁。這兩個女人的角落，是今晚大使館酒坊裡最安靜的一角，Friday Night的熱鬧輕鬆，全然隔絕於這個角落之外，兩個女人正在咀嚼著「組織重整」四字的深奧意涵，人性是X或Y，已經不重要。

「妳為什麼會找我呢？平常妳忙得都沒時間和我聊上半句，我記得我們只聊過一本書而已。就是那本《誰搬走我的乳酪？》，妳記得嗎？」克拉拉還是想知道，為什麼喬治．桑會找上她？

「我不知道如何告訴身邊的親友，包括我先生，他剛去北京出差，大陸的公司一直有問題，總是要飛來飛去。唉，我真不想再煩他了。」喬治．桑不禁落了淚。

「妳的好朋友呢？」

「不是要趕去安親班接小孩，就是還在辦公室開會。對不起，我很自私，找妳只是覺得妳很友善、值得信賴，講白一點，妳對我沒有任何的殺傷力與利害威脅，讓我沒有壓力。唉，也沒問妳願不願意聽我吐苦水，真的很對不起。」脆弱的聲音、受傷的自信，在一旁的克拉拉也跟著覺得很想哭。

「妳打算怎麼辦？」

「我要盡快找到新工作，總會過去的……」

克拉拉靜靜地坐在喬治．桑旁邊，兩人話說得很少，但這是女性之間的療癒方式。克拉拉以細膩的心線，小心翼翼地縫合那受辱靈魂的傷口。

不久之後，克拉拉聽說班上同學賀伯特跳槽去接了喬治．桑原來的職位。雖說這在科技界是家常便飯，但是，新人舊人同在一個班上，可就尷尬了。ＥＭＢＡ同學這下得發揮更高的ＥＱ，處理這棘手的景象。由於上課是自由落座，喬治．桑與賀伯特的距離，就此明顯拉開。以前的他們還是交流頻繁的業界好友，這段關係隨即被「組織重整」四字冰封了。幾位同學在Friday Night低調邀約賀伯特慶祝他新官上任，也私下傳簡訊給喬治．桑為她打氣、要她加油。

在課堂上，沒人敢提「裁員」兩個字，原本老師應小號先生之前的要求，找了許多相關個案要討論，結果後來聽說小號先生私下去找老師，請老師「暫緩討論」，畢竟在這個階段，個案無法解決職場上破裂的友情，而討論也找不到關於「組織重整」的真誠解釋。

經過一段時間的折騰，喬治．桑在原競爭公司找到新舞台，她發出一封郵件給同學：「我即將開始新工作了，大家不用送我恭賀花籃，因為，這只是一份『工作』而已。我覺得，有了同學的友情支持，才值得恭賀。賀伯特還是一位可敬的對手，我們馬上就要重新開戰了，大家拭目以待！最後，特別感謝那位陪我走過仁愛路的同學。」

克拉拉明白，喬治．桑並不想讓人知道她在「大使館酒坊」的脆弱。之後，她依然挺直優雅的背桿，和賀伯特擦身而過時，也會微笑應對，不同的是，她後來很少在中庭抽煙講電話了。她開始安靜地坐在教室後排，望著窗外的藍天。或許，她藉著這個經歷，在尋找生命的喘息空間，以及新的尊嚴。

有人說，喬治・桑是蕭邦內心世界的英雄，我們就以蕭邦《降A大調第六號波蘭舞曲「英雄」，作品53》（*Polonaise in A-flat major, Op. 53*），祝福在職場上面對鬥爭的所有人，心中有個英雄，關關難過關關過。

七｜

威爾第・踏上時代的墊腳石

義大利歌劇大王威爾第（Giuseppe Verdi），一生創作出許多膾炙人口的歌劇，其作品樸實且充滿生命力，樂意廣納不同元素，為義大利歌劇注入活力。八十歲時，他還創作出《法思塔夫》（*Falstaff*）這部現代喜歌劇的典範著作。

克拉拉的「老同學」威爾第，能跟著環境求新求變，又保留住自己世代的優勢，這樣的人，怎會被世界淘汰？

教室外頭，烏雲快速蔓延，疾風驟雨詭譎交錯，颱風即將來到。小仲馬教授關上投影機準備下課，他望了一下窗外，回過頭對大家說：「你們當老闆的，最不喜歡颱風了，一旦宣布不上班，公司就少了一天的生產力。」台下一半的老闆同學感同身受地點點頭，另一半受雇於企業的專業經理人則微笑搖頭。

克拉拉發現坐在前排中央的威爾第，始終沒有瞥看窗外。他面無表情、背直腰挺，專心看著小仲馬教授，像個大學生那樣等待台上年輕的老師「正式」宣布下課令。「希望風雨不會打壞你們的行程，後天還是要準時交沃爾瑪（Walmart）個案報告！」聽到小仲馬教授客氣又堅定的宣告，威爾第點頭認同，並轉身對克拉拉說：「先假設明天會放颱風假，所以今晚我們這一組要先寫好報告。」

「今晚下課已經是九點半了……」克拉拉自言自語，睜大布滿血絲的雙眼看著威爾第，心想：「你真是個鐵人啊！」她今天一大早就開始上班，中午開視訊會議，下午急著趕到學校上課，一整天過得像戰鬥營，已然身心俱疲。但是，頭髮花白、年過半百多的威爾第都不輕言疲倦了，她哪能在這位老大哥面前，說出「累」這個字呢？

威爾第是一家上市貿易公司的老闆，白手起家的南台灣人，嚴肅卻不令人生畏。他說話比一般人慢四分之一拍，回答問題時，一定先留白三秒鐘，顯得深思熟慮又不失真誠。他做事用心，現在回到校園當EMBA學生，更是令人佩服的認真。「策略管理」這堂課克拉拉和他同一組，可說是親身體驗了「台灣光復後」的精神：勤奮耐勞。

凌晨兩點，克拉拉終於寫完報告的最後一句，正想深呼吸喘口氣，威爾第出現在LINE上問她：「山姆．華頓那本《縱橫美國》（*Made in America*）妳看了嗎？」

「還沒，明天颱風假再讀吧。」

「我現在正在看，很感人。」威爾第回應她。

「老大哥，你還真像山姆，勤奮不已，不分晝夜啊！」克拉拉心裡想著，隨後還是關上電腦，宣布本日結束。但又多少覺得歉疚，便把《縱橫美國》放到枕邊。

颱風假那天下午，烏雲強風逐漸退場，克拉拉接到威爾第的電話：「外面風雨減弱了，我們要不要針對報告做個總討論？」其實，當天空遠處逐漸出現湛藍時，克拉拉就料到今晚威爾第不會放過大家，不會跟著颱風假取消晚上原定的討論，只是她沒想到，威爾第快速抓住颱風意外快速離去的空檔，迅速通知同學最新集合時間。

他們這組的主題是，解析沃爾瑪的策略活動系統（Strategy Activity System），了解其如何構成這家企業不墜的競爭優勢。

「山姆從小到大都重視每一分錢的價值，加上他對細節管理有足夠的深度，因此可以全盤掌握複雜的零售業活動系統。此外，他也很能與時俱進，理解並掌握資訊管理的關鍵性。他迅速架構了ＩＴ系統，再次創新成本管理……」威爾第手拿著老花眼鏡，清楚地分析著。

「克拉拉，妳知道嗎？『重視每一分錢的價值』在妳的年代消失了。」威爾第突然對她說，不帶一絲惡意。

「那你覺得，我這個年代出現了什麼？」克拉拉問道。

「速度。」威爾第竟然跳過三秒的留白，閃電般的二字奔騰而出，鏗鏘有力。

威爾第緩緩說道，他是如何發現這個時代的差異。在他沒鞋穿、餐餐蕃薯粥飯的童年，第一次驚嘆於「速度」的偉大，是在松山機場旁看到飛機畫過天際。在他功成名就的後中年，網路爆炸，一切風雲變色，而真正對「速度」感到恐懼，是前年冬天兒子從美國打電話給他：「老爸，你怎麼還寄手寫的聖誕卡給我？用電子郵件啊！再不學著用，你就會變成化石。」

「化石」這兩個字，是他那年最沉重的聖誕禮物。

那時威爾第手裡還拿著電話，卻不禁倒退了好幾步，並且覺得血壓升高，喘不過氣。他心想：「奮鬥了大半輩子，在光榮退休的前夕，尊嚴與驕傲竟被網路重擊，瞬間變得狼狽不堪。」一窗外飛機自眼前畫過，威爾第知道時代已經不一樣了。從勤奮努力到效率至上，從辛苦攢錢到目標管理，他從農業社會走到工業社會，現在卻必須用飛的追上資訊世界。原本因為害怕被現代社會拋下的焦慮而重回校園念書，希望提高自己「適應環境的能力」，沒想到，兒子的一通電話，先改變了他。

他決定改變自己對速度的體會，同時改變退休年齡。既然網路無國界，年齡也能不成障礙。上班時他是呼風喚雨的大老闆，上課時他是一名「年輕」的學生，坐在台下認真聽講、準時用心交報告，堅持以單純的求學心態看待一切，自稱是e世代的MBA學生。去年冬天他用LINE和兒子聊聖誕大餐的豐盛，而早已寫好的聖誕卡擱放在抽屜裡，沒有寄出。

「沃爾瑪從價格策略的深度到經營管理的速度，全盤掌握……」威爾第帶著組員深入討論被分配到的個案，橫跨三個世代的這一組，有著：成功但不敢退休的三年級生、成功但不敢享受的四年級生，以及有點成就但還有困惑的五年級生，不同世代的他們以相同的速度與態度，聯繫在一起。

即使威爾第念書的紀律嚴謹讓同組的克拉拉有些壓力，不過她還是很珍惜每次的討論，因為威爾第就是有辦法在密麻繁複的資料汪洋裡，找到精準的分析點切入。「與君一夕談，勝讀十年書」，這是克拉拉在威爾第小組裡最清澈的領悟。

威爾第也總能放下前輩長者的身段，越過代溝的成見，去了解活躍在數位時代的年輕同學。一次，他聽克拉拉說《流星花園》多紅時，還以為那是個可以看到流星的花園。下週上課，克拉拉抱了一疊漫畫和一盒ＤＶＤ借他，請他跟上時代。「最近我聽到公司年輕員工在聊幾米，幾米也很紅吧？那幾米和奈米有什麼關係？」威爾第下課時問克拉拉。當天晚上，克拉拉傳了幾張幾米的圖給他，威爾第後來跟她說，那真是尷尬又美好的經驗。

外面風雨停息，他們也完成了極具份量的個案報告。「我們要不要去逛一下大賣場，看看他們在颱風天的應變措施與價格浮動？」威爾第都提議了，克拉拉只好虛心跟隨。到了賣場，克拉拉看到店家已經擺出聖誕飾品時，對威爾第說：「待會買幾張聖誕卡吧。聽說今年流行手寫賀卡，現在復古風很紅喔。」

聖誕前兩天，克拉拉寄了張賀卡給威爾第，上面用鋼筆寫著：「老當益壯、歷久彌新。」數位時代的復古流行，想必能給威爾第信心與勇氣。聽說，他後來親手寫了張聖誕卡，連同去年那張藏在抽屜裡的舊賀卡，一起寄給兒子。

世界是善變的，然而善變才有與時俱進的認知與能力。威爾第知名歌劇《弄臣》中的這首《善變的女人》（*La donna è mobile*），點播給這個善變的世界一起聆聽。

第三幕

在實際的職場演練上，
克拉拉歷經不同公司職位後發現：

人際上的思考經營，
隱含職場最高生存法則。

八｜

瓦力・敵人與陌生人

很多事情，似乎別人多講幾次，便是真的。音樂史上並沒有「瓦力」這號人物，他是虛構的。這兩個字來自「哇咧」二字發音轉換而成，唸出來即能感受到隱藏其中的錯愕憤怒。畢竟，最後發現是假的，是挺讓人意外的事。

職場中，也常有這種空穴來風的事物，我們稱之為「謠言」。它能阻斷溝通可能、毀壞團隊默契，讓工作變得窒礙難行，不可不慎。

感恩節前一天，克拉拉在威爾第的辦公室和同學趕一份報告。這棟大樓坐落在信義路與新生南路的交叉口，前方正對大安森林公園，後面是人潮密集的永康商圈，台北的繁榮與繁忙，在這裡交叉與延伸；都會人彼此不期相遇或擦身而過，上演著一幕幕或欣喜或悵然的故事。

「看來我們還要進行一段時間，要不要先休息一下？我下樓去買些點心，怎麼樣？」討論進行到一半，克拉拉提議問道。

「好啊！那就請妳去買義美的零膽固醇蛋糕。」威爾第微笑回覆，其他同學也都連聲贊同。

克拉拉步出大樓，拐彎走到信義路上的義美，正要進去，就看到瓦力在店內，她不自然地轉頭張望信義路上壅塞的車群。瓦力是她上一家公司的直屬主管，也是她此生最不想碰到的人之一。

「我實在不想對他說：『好巧喔！在這裡碰到你！』」克拉拉倉皇地遠離這家店，鑽進人潮更擁擠的永康街，後來隨意買了胡椒餅回去。

「零膽固醇蛋糕怎麼變成高熱量的胡椒餅？」同學不解地問克拉拉。「我沒進去義美……」克拉拉表情有點尷尬。

「怎麼了？」

「瓦力在裡面，就是那個逼我離開B公司的主管……」

「因為看到他，覺得不知道要說什麼，所以妳沒有進去？」威爾第低聲問她。

不等克拉拉回答，他緊接著說：「其實妳應該進去打聲招呼，買完東西就出來，當年他逼妳走的那件事，才會真正過去。他可能也很不想碰到妳，幹嘛把不舒服的感覺全攬在自己身上？分一半給他啊！」

錯失了分一半「不舒服的感覺」給瓦力的機會，讓克拉拉感到懊惱。而這也讓她發現，原來自己面對瓦力時，依然還是當年的「失敗者」，即使她現在的表現已經贏過瓦力，逼得瓦力推出的產品在暢銷陳列架上節節敗退，可是，刻意迴避他，也就失去重新定義職場身分的機會。

曾經，克拉拉很感謝瓦力，把她挖角到那家外商公司擔任部門副理。在那裡幾個月後，該部門獲得亞洲區的行銷傑出獎，克拉拉和經理瓦力一起到香港領獎，當時亞洲區總裁還對大家說：「這真是一對最完美的伯樂和千里馬。」受到讚賞的她，之後更是全力奔馳，雙眼緊盯前面的業績目標，卻忘了落在後面的伯樂，開始有些不一樣。

那時擔任副理的克拉拉，負責創意發想和企劃撰寫，而經理瓦力負責和產品、倉儲、業務、財務等跨部門的溝通與協調，瓦力的溝通長才搭配克拉拉的行銷專業，可說是最佳組合。然而，原本她讓瓦力欣賞的行銷創意，卻逐漸成為威脅自信的芒刺，而克拉拉積極學習跨部門的溝通，更是意謂著可能取代他地位的危機燈光亮起。

外表斯文、精瘦健康的瓦力，五專畢業後從店員一路做到外商公司的部門經理，他從伺候別人臉色的基層，小心翼翼、步步為營地逐步累積經歷，絕非才做一年企劃助理就當上副理的克拉拉所能立刻感受到。那特異的線條，年輕的克拉拉當時並沒能看懂，誤以為只是歲月的痕跡，然而因為克拉拉的出色業績表現，痕跡底下的洶湧開始惡性發酵，逐漸腐蝕最初並肩作戰的完美組合，也一天天消融了授權分工必要的信任，最後「伯樂和千里馬」變成了「敵人與陌生人」。

在他們還是「真正的陌生人」時，那一篇篇由克拉拉撰寫，刊登在雜誌上的精采廣告稿，深深吸引了瓦力，之後他透過雜誌社的介紹，力邀克拉拉加入自己的部門。克拉拉雖然對這個跳槽升官的機會大感興趣，但是她很喜歡當時的工作環境和同事，捨不得離開，尤其更捨不得離開她的主管晴天巴哈，一位要求嚴格，但真誠無私、傾囊相授的好主管。

克拉拉總是稱晴天巴哈「師父」，尊敬他拔尖出色的專業能力，欣賞他自信大方的領導風格，每次碰到困難喊一聲「師父」，內心就會有著一分踏實的依靠，而任務圓滿達成後，迫不及待的一聲「師父」，就是他們師徒間共有的驕傲與默契。能碰到這樣的老闆，呆伯特也會興奮地搗著嘴說：「作夢吧？」而克拉拉就是那麼幸運碰到了。只是，她深切珍惜這分幸運，與了解它的可貴，卻是在「瓦力經驗」之後。

當時，面對挖角的現實誘惑與感性掙扎，克拉拉竟對瓦力說：「請你去問我的主管吧！由他幫我決定。」而瓦力也真的找上晴天巴哈，他們相談甚歡。之後，晴天巴哈以溫和平靜的語氣告訴克拉拉：「我如果是妳真正的『師父』，應該鼓勵並支持妳到更大的舞台發揮，如果做得好，就是我的成就。」於是克拉拉帶著主管的同意，轉戰新公司，面對新挑戰。只是，幸運硬幣總是存在反面的。

「合作愉快的蜜月期」，是雙方面具尚未卸下的表象。後來克拉拉發現，瓦力只是想找個聽話的行銷高手添翼，以奪更多權力，她只是他升官的一枚棋，但她卻將新工作視為職場生涯的里程碑，並誤以為瓦力會像晴天巴哈一樣，真心教導、栽培她。瓦力認真向上攀爬時，沒料到全力以赴的克拉拉竟已尾隨在後，連總經理都注意到她了。

每個週一下午，總經理會固定召集經理級以上的高階主管開會，而克拉拉一如往常，提早到辦公室幫主管瓦力整理報告。瓦力開會前抱著完整文件的從容，以及開會後的得意表情，是她每個禮拜一的成就感來源。

某個寒流來襲的週一清晨，整棟辦公室不見人影，克拉拉摸黑走到自己的位子，打開桌燈和電腦開始專心寫開會報告，沒注意隨後進入辦公室的總經理。

「早啊！天冷那麼早到？趕東西嗎？」總經理手捧熱咖啡，站在旁邊問她。

「總經理早，我報告還沒寫完，所以早一點來。」克拉拉起身回答，平日沒什麼機會可以如此近距離和總經理說話，她一時詞窮。

「妳在寫什麼？」他犀利的目光掃過克拉拉的電腦螢幕。

「妳忙吧！」總經理輕拍電腦後緩步離開，但之後他的視線好像一直都在，克拉拉無心多想，趕緊聚精會神繼續工作。

下午的主管會議進行到一半，瓦力突然走出來跟克拉拉說，總經理請她進會議室。毫無心理準備的克拉拉，一頭霧水地出現在主管會議。

「克拉拉，我很喜歡你們部門的通路宣傳企劃案，剛才瓦力很完整地報告過執行細節，妳有沒有一些最初的想法要和大家說明？」總經理認真地看著她說。克拉拉深吸一口氣，直視他炯炯的目光，將她這幾個週末巡視台北所有通路，所觀察的心得娓娓道來。她的報告既流暢又真誠，讓在座的其他部門經理一臉訝異，而瓦力卻是滿臉漲紅。

「妳今天很早來是嗎？」會議後不久，瓦力走過來問克拉拉，一臉僵硬。

「對呀！來寫報告，你要開會的報告，怎麼了？」克拉拉漫不經心回應。

「總經理有找妳問話是嗎？」

「沒有，他只是經過打聲招呼而已。」

「哦？」瓦力一個單字揚起收尾，藏著懷疑。克拉拉正想接著問他，為什麼今天她突然被叫進主管會議作報告，但瓦力揮一揮手，轉頭走進自己辦公室裡，關上門。這扇門，在克拉拉進公司後第一次，被緊緊關上。

溝通，是辦公室世界裡最神祕的系統。運轉得宜，可以破解一切難關，無往不利。而溝通障礙出現時，一點芝麻小事都跨不過去，心結重重綑綁讓人動彈不得。克拉拉不了解瓦力為何關上門，也搞不清楚總經理今天的舉動，沒有人跟她透露一點訊息，直到她下班搭同事便車回家。

「告訴妳一個大祕密喔，跟妳有關！」業務部主任Amy興奮地對克拉拉說。

「今天傍晚，我在化妝室聽老闆祕書Belinda說，有人跟總經理告密，表示你們部門的企劃案都是妳寫的。」Amy滿眼晶亮。

「拜託，有什麼好告密的，本來就是我寫的啊！」克拉拉回她。

「妳寫的？哼！Belinda說每次開會，瓦力都說是他『一個人努力完成的』！但是啊，今天有人去告密，所以老闆臨時請妳進去，瓦力是不是臉色很難看？他可是一流的笑面虎，妳要小心，不要把全部想法都告訴他。我在猜告密的人，可能在暗戀妳喔。哇！告密男是誰呢？」Amy一股勁地滔滔不絕，但克拉拉的雙唇，卻漸漸緊閉。

從此，克拉拉進辦公室的心思不再單純，也不再百分百「樂在工作」。她開始覺得要保護自己，因為瓦力似乎凡事都在防著她，而在這種相互攻防的氣氛中，瓦力的缺點也一一跳進她的眼裡。他們專注看著對方的缺點，費心思索對方可能的手段，每天工作的目的，除了達成業績目標，還要爭取表現，好似被丟進一個你存我亡的生存競技場中。

有一天，總經理經過克拉拉桌邊，停下來低聲問她：「瓦力說妳沒辦法去香港參加這次亞洲年度行銷會議，因為妳家裡有重要事情要處理，還好嗎？」克拉拉握緊拳頭，緩慢回答：「家裡的事，今天就可以處理好了，我絕對可以去香港開會，沒問題！」

當晚，克拉拉氣得打給舊主管晴天巴哈，向他抱怨瓦力的作為。晴天巴哈聽完克拉拉一長串的控訴之後，竟然回她：「妳為什麼不附和總經理的認知，說妳無法去香港，謝謝他的關心？妳的反駁，可能突顯妳和瓦力的溝通不良！」

「可是，總經理希望我去啊！」克拉拉激動地回答。

「但是瓦力不希望。不要忘記，瓦力是妳的直屬主管。」晴天巴哈平靜地說。

「還有，妳並不知道總經理是怎麼想瓦力這個人。如果瓦力只是一個打壓下屬的冒牌貨，總經理怎麼會用他這麼多年？公司政治妳還搞不清楚，不能用絕對觀去想事情。」晴天巴哈清楚講出每個字。

「可是，明晚就要去香港了。」克拉拉焦慮地說。

「建議妳明天跟瓦力說，家裡的事處理不完。」晴天巴哈提醒她。

隔天，瓦力一早來就命令克拉拉，趕快準備去香港開會的資料。克拉拉不知如何應對，只好聽命行事，晚上也一起到了香港。

亞洲會議進行到台灣的部分時，瓦力指派克拉拉上台報告，並回頭對總經理說：「報告都是克拉拉準備的！」克拉拉賣力自信地向大家報告自己辛苦整理的內容，直到最後一張投影片寫著「Thank you」。總經理突然問她：「關於議題十三呢？」克拉拉直愣愣地看著瓦力。

「我不知道，瓦力沒告訴我……」克拉拉心中絞扭著這幾個字，沒能說出口。

克拉拉如何走回座椅，她早已忘了。只記得，台下兩雙看著她的眼睛：瓦力鎮定深沉的眼神，和總經理不滿的注目。上一次年度行銷會議，她和瓦力和樂融融一起上台領獎，而這次，她在台上尷尬，他在台下冷眼。

返回台北後，克拉拉遞出辭呈。

「用了妳，是我的錯。」這是瓦力給她的道別語。那天，總經理要去紐約開會，臨走前發給她一封電子郵件：「Thank you and good luck!」走出公司大門時，她突然想到，那個傳說中暗戀她的「告密男」始終沒有出現。

「直到現在妳還不知道『告密男』是誰嗎？」威爾第聽完她的「瓦力經驗」後笑著問她，克拉拉搖頭。

「會不會根本沒這個人？」威爾第問。

「那我和瓦力只是平白一場誤會？所有一切都是空氣造成的？」她回問。

「很多事，後來想起不都是這樣嗎？」威爾第莞爾笑答。

觸目神傷的「瓦力經驗」，極可能只是一場八卦空氣造成的荒謬劇。也或許是威爾第試著舉重若輕，要她揮別失敗者身分的說法。無論如何，克拉拉的內心像下過一場大雨般地清爽。

畢竟，那是一段值得抱怨、值得歷練，更值得放下的過去。

吉他大師朱利安・布里姆（Julian Bream，1933年出生於英國），他指尖下詮釋的這首《西班牙組曲，作品47》（*The Suite Española Op 47*），曲風輕柔、透析的彈跳節奏，出自西班牙作曲家阿爾班尼士（Isaac Albéniz）之手，它在淡淡的異國風情中巧妙地傳達了一種泊然，特別適合想放下某事時靜心聆聽。

九 |

競爭者莫札特‧來自對手的激勵

音樂神童莫扎特享年三十五歲間，創作了三十餘年。他的創作欲望驅使他一直向前，作品中的樂符也不讓讀者停歇，只能在接續不斷的靈感光芒中讚嘆他的天才。這樣的才華，也讓劇場老闆想找其他著名的作曲家，讓高手相撞的火花，帶來更多的作品與錢財。

克拉拉很幸運在職涯初始，便能遇上她的莫扎特。「競爭」，為工作帶來最大動力。

沒有莫札特，就沒能體驗與熟練「競爭」這件事。

克拉拉每次想起那段兩人的競賽時光，總覺得意猶未盡。

莫札特是克拉拉剛進入職場的小主管，一進公司就聽人說，他是個厲害得令人發瘋的鬼才。雖然從一個沒沒無聞的專校畢業，但是快筆寫下的文案與企劃，都讓眾人拍案叫絕。在當年的辦公室裡，無人能出其右。明明沒坐過飛機、沒踏出國門一步，莫札特自修的英文程度卻好得跟紐約客一樣，外表則始終貫徹台客的模樣，顯得特別有個性。

然而，莫札特作為一個主管，卻很少和克拉拉討論工作，也不常指導或交代她做些什麼，他總是像個沉默的哲學家，坐在樓梯間的吸菸區，刁著菸對來到身邊尋求指示的克拉拉說：「妳讓我思考一下，不要煩我，去做妳該做的事。」剛開始，克拉拉一整天都不知道該做什麼，直到隔壁部門的主管好心教她，並且告訴她：「妳的小主管是個怪胎，妳要堅強一點。」

但莫札特洋溢的才華，讓克拉拉心生嚮往，不禁覺得自己該上緊發條、努力不懈地追隨與學習。莫札特習慣用鉛筆在紙張上隨手塗寫一些文字或抽象圖畫，思考完成後就把紙條丟進垃圾筒，轉個身回到電腦前敲鍵盤，沒幾分鐘，一份讓克拉拉驚嘆不已的企劃案就會出現在眼前。

於是，她便經常在下班後，偷偷翻找莫札特的垃圾筒，仔細挑出那一張張思考的紀錄，像寶貝似地呵護著，並帶回家學習研究，即使上面沾著讓克拉拉作嘔的垃圾臭味。有一天，舒曼打來關心她的工作情形：「怎麼樣？比教琴辛苦吧？薪水又低得可憐，妳真的要做下去嗎？」

克拉拉得意地回答：「有趣的很！這是另一種生活，我就是喜歡。告訴你，我不僅把身段放到地上，還爬進垃圾筒哩！有趣吧！」

不過，克拉拉這種認真的行為，換來的卻是一記重甩耳光般的聲響，是她在學校的演奏舞台上，未曾聽聞的「掌聲」。

那天早上，克拉拉因失眠晚起，到公司時已經遲了一個鐘頭。她一走進辦公室，看見莫札特一臉不高興，立刻低頭小聲道歉：「對不起、對不起，我遲到了……」

「妳要什麼時候來上班，關我什麼事！我問妳，妳幹嘛翻我垃圾筒的東西？有人告訴我了！」莫札特提高嗓門吼著。

「那不是……你不要的垃圾嗎？」克拉拉問。

「妳說什麼？妳說我寫的東西是垃圾？」莫札特漲紅著臉大叫。克拉拉被這罵叫聲嚇得失去冷靜，跟著大吼回去：「你什麼都沒告訴我、沒教我，我只是收集你扔掉的紙，看看上面有什麼東西可以學的，你罵我幹嘛？你是什麼主管啊？我看你是神經病！」莫札特突然跳離座位，走到克拉拉的桌前，手掌狠狠地朝她桌面重重拍下。

「啪！」那一記「掌聲」，震得克拉拉頭昏目眩，只能呆呆望著莫札特。「妳這蠢蛋！」莫札特更用力地向她咆哮，口水如噴泉般地灑落，然後轉身衝出門外。他們的老闆晴天巴哈，正站在門口。

所有在四周圍觀的同事，安靜地瞪著眼看著這兩個發狂的人，沒有半個錯失這次的精采畫面。克拉拉在這片無聲中，慢慢恢復清醒，她忽然想起上次遇到「噴水池」，是某次買了張昂貴的首排音樂會票券，而站在台上的那位男高音……想著想著，克拉拉卻不禁笑了起來。

「莫札特真是個徹徹底底的瘋子。」她心想。

莫札特的那記「掌聲」，激起克拉拉的衝勁，當天的工作效率顯著提升。縱使主管就這樣不見人影，但那餘音在克拉拉耳畔盤旋著，整整一日揮之不去。

隔天，老闆晴天巴哈讓人事部貼出一張公告：「X部門：原主任莫札特加薪，原企劃克拉拉升主任，但不調薪。即日起，兩位主任權責相同，直接向企劃處總監報告。」

大家對這次巧妙的人事新安排解讀是：「晴天巴哈要他們兩人彼此競爭、自相殘殺，由自然法則決定誰留下、誰離開。」

莫札特看到這張公告後，請了一天假。克拉拉則在下班時，偷偷撕下公告影印，把這訊息帶去給舒曼看。

「這是什麼安排？以後，我跟他的相處會很不自在。」克拉拉皺著眉說。

「這就是競爭啊！相處自在的話，哪來的競爭？妳愈不自在，就愈會競爭。」

舒曼接著說：「從今天開始，妳的精神就來了！」

「即日起」的第二天，莫札特精神抖擻地來上班，大多數時間都坐在位子上寫東西，幾乎不去樓梯間抽菸，而且對同事展現了少有的熱絡與親切。

而克拉拉則是清晨六點半就到公司報到。沒有辦公室鑰匙的她，待在一樓管理員那裡，仔細翻閱每一份報紙，並抄寫所有新聞標題。管理員好奇問她在做什麼，她說：「我在研究相同的一則新聞，每一報的標題是怎麼寫的。對了！伯伯，請你幫我留所有的DM，謝謝囉！」

企劃處總監讓克拉拉和莫札特分別負責兩個產品品牌，從訂貨、文宣品製作、公關宣傳到業務發貨通知，全程各自統籌，唯獨新聞稿指定由莫札特一人撰寫，再由克拉拉跟媒體確認。總監告訴克拉拉：「有誰想的新聞點比莫札特精準、下的標題想讓人多看幾眼？這件事是妳做不到的。」

克拉拉心想：「『做不到』是你說的，我沒有說。」於是，她為自己多加一個頭銜：「新聞製作人」，開始規劃學習目標。每天一大早，就在管理員櫃檯研讀報紙，一有空就寫些新聞標題給同事看；星期六到圖書館翻閱雜誌；星期天和舒曼、羅倫出來喝咖啡，也總要求他們兩個批改她寫的新聞稿，潤稿費是送一張CD。「克拉拉，我覺得妳好像少了一些市場方面的東西，我說不上來，妳去問妳老闆吧。」舒曼說。

後來，克拉拉將新聞稿及宣傳計劃表拿給總監，請他指導一下，總監看完後說：「寫得很好啊，妳進步很多耶。」這不是克拉拉要的答案，她下班後又去找老闆晴天巴哈請教，晴天巴哈思索片刻，問克拉拉：「妳週末放假的時候，願不願意去唱片行打工？」克拉拉高興地點頭。

那個週末開始，克拉拉到唱片行當臨時店員。之前送貨時，停留在店面的時間有限，現在要從早到晚待在那，對她而言是很不一樣的經驗。

克拉拉和莫札特兩人，如今因為「權責相同」的競爭各自拚著命，在辦公室裡根本沒多餘的時間多看對方一眼。在一個颱風天週末，克拉拉照常一大早去了唱片行。

「克拉拉，颱風天還有人逛唱片行嗎？」羅倫打電話問她。

「是沒人啊！」

「那晚一點我跟舒曼去找妳，喂，如果我要買ＣＤ，妳要算我便宜一點喔。」

「不行啦！我買給你好了。」下午風雨漸歇，羅倫和舒曼來到店裡，聊沒多久，莫札特竟然出現眼前。克拉拉看著他呆立不動，莫札特則是一臉複雜的錯愕神情。舒曼低聲問克拉拉：「怎麼了？他是誰？」

「莫札特。」克拉拉壓低嗓子，蚊子一般地小聲說。

「妳在這裡幹嘛？」莫札特冷冷問道。

「打工啊。」克拉拉面無表情地說。

「那麼認真？」莫札特戲謔回應。

「你要找哪張ＣＤ？」克拉拉問。

「ＴＬＪ的《Frank's Lost》。」克拉拉皺了一下眉頭，心想：「這是什麼啊？」

莫札特看她表情猶豫又無反應，故意提高嗓門說：「連這張是什麼也不知道？昨晚ＩＣＲＴ還播了兩次呢！真是不專業。」莫札特說完後乾笑一聲，轉身走了。

「克拉拉，他音樂聽的比妳還多喔！妳還要再加油！」舒曼拍了拍她的肩膀。

「唉喔！今天是星期天，放鬆一點吧！」羅倫搖著頭笑回。然而，這個打擊卻讓克拉拉的神經緊繃起來，她彷彿又聽到莫札特重拍桌子的聲響。

那個颱風天之後，克拉拉開始規定自己每天要聽幾張ＣＤ，並且隨時提醒自己要注意電台播的歌。她和莫札特的競爭與日俱增，兩人沒有惡言相向，只有隔山冷觀。

隨著日子一天天過去，克拉拉逐漸發覺，自己面對莫札特時的不自在似乎也在慢慢消失。最後，企劃處總監終於用了她寫的新聞稿。當天克拉拉在辦公室和每一家報社記者溝通新聞點和標題，一路忙到深夜。

隔天她走進辦公室，看到布告欄上的人事公告：「X部門莫札特升任副理。」克拉拉一時茫然，默默走到位子上開始工作。到了下午，克拉拉接到另一家公司老闆的電話，一個月後，她到了外商公司，擔任企劃部副理。多年後克拉拉才知道，原來是晴天巴哈向對方推薦了她，讓她能站上更大的舞台。

克拉拉離職的前一天，同事歡歡樂樂地幫她辦了一個「畢業派對」，但她最在意的那個人，始終沒有出現。

「莫札特他今天感冒請假。」同事這樣說。離開的最後一刻，她望著莫札特的空位，再瞄一眼自己的辦公桌，心裡滿溢著說不清楚的失落。

戲就這樣落幕，似乎少了點什麼。

往後幾年，克拉拉面對的是更高一層的權力鬥爭，和莫札特之間這樣的「純粹競爭」再也沒出現過。而他們也沒能再相遇，不管是在唱片行、路上、書店、電影院、演唱會現場等他們工作交集的地方。克拉拉經常納悶：「台北有這麼大嗎？」尤其是當她聽到有人在拍桌子的時候，會特別想起他。

直到克拉拉確定考上EMBA的那個星期，她收到莫札特的來信：「妳又要進修了？真是用心。我也拿到英國學校的獎學金，明天出國。我們後會有期！」

看來這場「競爭」，還沒畫下句點。

聽著莫札特的鋼琴奏鳴曲《F大調鋼琴奏鳴曲，K 332》（*Piano Sonata in F major, K.332*），不管再大的挑戰，我們終究能度過。

十|

權力的最遙遠距離・布拉與姆斯

德國音樂家布拉姆斯（Johannes Brahms），是音樂史上浪漫主義中期的代表人物。許多人會認為他有雙面，嚴謹內斂的外表之下，卻能見到熾熱深情。然而，他在「待人」上卻顯得一致：無論面對的是貴族或流浪漢，都能等同視之。

克拉拉遇見的，是「布拉」與「姆斯」，有如布拉姆斯的陰陽兩面。其中與姆斯的應對，更顯在職場中，平等待人，有多麼珍貴重要。

姆斯是EMBA大門外，永遠的過客。她是克拉拉在外商公司時門口的總機小姐，中年已婚的甜姐兒。在職場的權力金字塔排列中，是最底部的「基層員工」，不具備報考EMBA的「基本資格」。

某次EMBA上課的前一天，同學約好下班後到克拉拉公司討論個案報告。通常這個時間，姆斯早已經回家了，剛好這天，總機需要支援公司歌友會活動，必須加班幫忙。

八點鐘，克拉拉的同學準時到公司，姆斯很有禮貌地招呼他們。大家在辦公室坐定後，克拉拉手搭在姆斯的肩膀對同學說：「這是我們最可愛的總機小姐，她今天剛好加班，謝謝她幫我們準備飲料喔！」張董同學接著問：「請問小姐尊姓大名。」姆斯回答後，愉快地走出會議室。

當天晚上，大家討論到十點多才結束，克拉拉和同學走到門口，姆斯還在櫃檯忙碌著。當她抬頭看見克拉拉他們正要開口時，張董同學和喬治．桑同時對著她說：「姆斯小姐，謝謝妳，我們要走了，再見。」克拉拉看見姆斯愣了幾秒，疲憊的雙眼中，瞬間亮起驚喜的光芒。

當克拉拉走到電梯門口，跟在一旁的姆斯輕拉她一下，並在她耳邊低語：「妳同學真好，記得我的名字！」

隔天克拉拉一進辦公室，姆斯就以宏亮愉悅的聲音迎接她：「克拉拉早！」聲音裡充滿快樂的旋律。

「咦？妳今天很高興喔？」克拉拉問。

「都是妳同學啦，害我昨晚高興到現在！」姆斯笑著回答。

「哦？為什麼？」

「因為他們記得我的名字，我昨天不是告訴過妳啦！」

「這樣就可以那麼高興？」

「當然囉！我坐在這裡幾年了，有多少客人會問我叫什麼名字，而且在走的時候還記得我的名字？」姆斯壓低音量說。接著她放下筆站起來，到克拉拉身邊悄悄地說：「我們的新老闆布拉，來三個月了，還經常叫錯我的名字。他不記得我的名字，害我好擔心。他會不會隨時要我捲舖蓋走路啊？」

「是嗎？」克拉拉疑惑地看著姆斯。「老闆不記我的名字，代表不重視我。公司又沒有很多人，更何況我是每個人每天進辦公室時，第一個看到的人耶！好啦好啦，雖然我只是一個總機小姐。」

那天，姆斯始終帶著「被人記得名字」的欣喜，即使那是個刮著冷風的陰雨天。姆斯整天掛著笑容，滿嘴甜言蜜語，舉手投足盡是「中了樂透」的風采，同事私下開玩笑猜說：「她中樂透了吧，今天幹嘛還來上班？」

下午克拉拉到學校上課，碰到張董同學時告訴他姆斯很高興這件事。張董同學聽完之後，對克拉拉說：「我公司前任總機小姐離職時告訴我，因為我曾叫錯她的名字，讓她很沮喪，她說因為每家公司的總機工作內容大同小異，薪水也一樣低，她想去找一個，每天一進門就叫對她名字、知道她存在的老闆！」

上課進行一半時，克拉拉收到姆斯傳來的簡訊：「克拉拉，妳跟妳同學說，歡迎他們常來公司討論功課，我會幫你們買好吃的便當喔！」克拉拉看完後，轉寄給張董同學，並附註一句：「她記得你的存在。」

熱情洋溢的姆斯，喜歡用簡訊表達情感，即使同事正坐在她的對面，也會收到她傳來的簡訊問候。在公司，她和歌手一樣有個藝名：「簡訊熟妹」。簡訊熟妹不僅愛發簡訊，也喜歡擁抱同事，雖然是感性過了頭，卻彌補了許多辦公室缺少的人情溫度。

姆斯每天坐在櫃檯，都帶著甜美笑容，招呼進進出出的同事，唯獨總經理布拉，會瞬間凍住她彎曲的眉目。布拉是姆斯最害怕的人，除了因為布拉經常叫錯她的名字讓她不安之外，布拉總以陰沉的表情直對著她，這讓姆斯一見到他不免背脊一陣寒意。

聰明強勢的布拉，說話不帶任何情緒、不露一絲情感，和姆斯形成公司差異最大的兩極，他們的權力位置亦是相距最遠的——總經理和總機小姐，但姆斯似乎能判斷解讀金字塔最頂端菁英的行為密碼。

某一天，克拉拉接到姆斯打來的內線電話，她用嬌憨的嗓音問：「你們業績最近是不是還不錯啊？」

「怎麼了？」克拉拉不解姆斯為何突然關心起業績。

「我告訴妳喔，平常老闆都是咻一聲經過櫃檯，但他剛才竟然有時間跟我說話，而且啊，還注意到玻璃亮不亮，這表示公司現在業績不錯，他才會有這種閒工夫理會我，對不對？」姆斯似乎搖身變成業績風向播報員。

姆斯始終認為，老闆對她說話的多寡，和業績好壞息息相關，她也相信聖誕節的布置，和同事的快樂指數關係密切。那年十一月底，布拉交代姆斯用去年的聖誕飾品布置辦公室，不用再增添相關費用。姆斯傳簡訊問克拉拉及其他部門主管：「你們想要一棵新的聖誕樹嗎？」大家的回覆幾乎是：「沒時間想聖誕樹！拚業績都來不及了！」。

十二月初，姆斯遵照布拉的指示，將去年的聖誕樹放在門口，把舊彩帶懸掛起來。她問經過的每位同事：「覺得怎麼樣？」所有人都敷衍地回答：「很好啊！」過兩天，她自掏腰包買了一些新的彩燈和緞帶，悄悄掛上聖誕樹，再問經過的每個同事：「覺得怎麼樣？」大家依然回答：「很好啊！」

姆斯忍不住發簡訊問克拉拉：「你們都沒發現聖誕樹有什麼不一樣嗎？」

「沒有！哪裡不一樣？」

「欸，你們都沒有過節的氣氛，又被盯業績了嗎？」

克拉拉實在沒空回覆她的簡訊，直到下班時，走到那棵聖誕樹前，仔細端詳，回過頭對姆斯說：「好像加了一點新東西。」

「往年大家都會問我，什麼時候開始布置聖誕樹，這次卻沒人關心它的存在！沒有快樂的心情迎接聖誕節，卻趕著一堆跟聖誕相關的專輯發行，真想不通你們！」姆斯大吐一肚子的不快。

聽著姆斯的抱怨，克拉拉不禁自問：「這是不是就是我們業績不振的關鍵——大力促銷聖誕音樂的人，卻沒有過節的快樂？」白天開會時，老闆布拉一再叮嚀所有部門主管，要確實掌控聖誕專輯訂單與庫存的數量，而真正的「聖誕節」，只有姆斯在意。

緊盯業績的布拉和關心聖誕的姆斯，始終相距遙遠。

小提琴大師帕爾曼（Itzhak Perlman）所演奏的《布拉姆斯D大調小提琴協奏曲，作品77》（*Brahms Violin Concerto in D major Op.77*），與所有相知相惜的人一起分享。

第四幕

在辦公室與教室之後，
克拉拉明白：

在詭譎職場中能改變全局的，
只會是某幾個重要的人，
他們帶來最具力道的心態與策略

十一 |

蕭邦《夜曲》

鋼琴詩人蕭邦（Frédéric François Chopin），其人溫柔善良，作品浪漫抒情，喬治桑曾言，他的音樂透出「天堂的氣息」。然而，要彈出他細膩富詩意的樂音，卻需要高超技巧。

EMBA課程裡的蕭邦老師，在溫柔大氣的框架下，引領學生進入「賽局」這門需要理性思考的學問。以如此本心認真琢磨策略，職場的廝殺鬥爭，也有了不同的意義與境界。

李斯特怎麼考進名校EMBA的？

大家都覺得匪夷所思，只有蕭邦老師懂他的好。

在EMBA教室裡，李斯特有著格格不入的安靜與專注，坐在一群頭角崢嶸的商務菁英旁邊，他總像個來去無聲的局外人。周遭同學熱鬧的談笑和激動的爭辯，只會讓他那張凝固臉龐上的幾根神經微微地牽動一下，瞬間又恢復他一貫的石膏表情。

「他呀，未免內斂過了頭？」

「哪天他從地球上消失了，我敢保證沒有人會發現。」

「入學口試怎麼考的啊？難道，他安靜坐著聽教授問問題就考上啦？」大家只會在聊到沒話聊的時候，拿李斯特來湊幾句玩笑話。

辦公室裡所有的行政人員，對他只有「客氣」這樣一個平凡的輪廓，而且因為不會拿他做招生宣傳，所以不用在意他說過什麼。而上課的老師，在總字輩、董字輩清晰搶眼的學生名錄中，對李斯特「某製造公司經理」的職稱，印象也總是模糊不清。再說，李斯特在課堂裡，從未展現過任何專業發言，要求這些日理萬機的教授記得他這號不起眼的人物，確實為難。

不過，就是有位老師，莫名記得他。而這話得從頭說起，是克拉拉在某次課堂上發言引起的糗事，讓授課的蕭邦老師對李斯特留下深刻印象。

謙遜低調的蕭邦老師，是位才貌雙全的明星教授，即使高知名度的光環耀眼，但他教學嚴謹真誠的態度，更具大師的迷人風範。大家對他的課又愛又怕，愛是因為他的課，在付出昂貴學費後深感「值回票價」；而害怕的是，那些必須繳交的作業、必須考的試，蕭邦老師從未手下留情過。

第一年的「財務管理」課程，克拉拉這一班幸運抽到由蕭邦老師授課。大家過了幾週如沐春風的好日子後，緊接而來就是期中考。考前一週，班代要克拉拉當公關大使，遊說蕭邦老師延期考試或取消。

「下星期要考試了，大家還有哪些地方不清楚，要我再……」蕭邦老師話還沒說完，一向自認絕頂聰明的查伯，立刻高調回答：「沒問題！隨時考都行！老師您教的還不夠難呢。」

這時，眾多期盼的視線直射向著克拉拉，克拉拉只好舉手說話：「老師，還有一些不是很懂的地方，下星期考試好像太趕了……」

「哪裡不懂？是課本的哪幾個章節？」蕭邦老師一本正經的問，克拉拉直視著那雙誠懇得不容懷疑的眼神，頓時詞窮，腦袋一片空白，

「克拉拉，哪一章的內容你最懂呢？」蕭邦老師溫和問道。

「嗯，第十章〈A Project Is Not a Black Box〉，我覺得這篇前言的英文非常優美、吸引人……」克拉拉話一說完，查伯就大笑：「財務管理跟英文優美有什麼關係？哈哈哈！」霎時同學似乎也覺得好笑，教室一片哄然。

「大家別笑，克拉拉說的沒錯，這本書的兩位作者Brealey & Myers文筆確實很好。」蕭邦老師點點頭，臉上帶著真誠的肯定。

過了一星期，考試如期舉行，大家沒怪克拉拉遊說失敗，還對克拉拉被糗的犧牲演出表示安慰。

期中考後，蕭邦老師在辦公室親自批改試卷，他在李斯特的試卷最後，發現一段與

答題完全不相關的文字：「上星期四的晚上，我仔細看了第十章的前言，抱歉，還是第一次看前言，之前只讀課本的重點而已，沒時間留意前言的存在。克拉拉說的沒錯，這篇前言寫得真好，耐人尋味，我真的很感謝她，跟我們分享她的發現。老師那天並不是幫她找台階下，因為克拉拉說的是真的。」蕭邦老師看著這張試卷，凝思了許久，拿起筆寫下：「謝謝你。」

往後在課堂上，當大家七嘴八舌、爭相發言的時候，蕭邦老師偶爾會安靜低頭思索片刻，然後微笑抬頭，清楚又親切地喊著李斯特的名字，詢問他的想法。但是每當李斯特客氣地想要站起回答時，查伯總是搶先一步大放厥詞，而蕭邦老師卻仍一派優雅溫和，順著查伯的粗魯自傲。終於有一次，李斯特開口說話了，克拉拉才發現是因為那天查伯牙痛，給了李斯特難能可貴的機會。

接近期末，蕭邦老師要求大家分組做個案報告，他走到克拉拉身旁，輕聲問她：「妳可以和李斯特同組嗎？」

「哦？好啊！」過一會兒，坐在旁邊的班代忍不住問克拉拉：「老師為什麼要妳和李斯特同一組？」

「我哪知道！」克拉拉根本不清楚，即使到「財務管理」這堂課結束時，她依然不明白。

過了一年，大家在「賽局與產業競爭策略」這堂課，再次接受蕭邦老師的洗禮。每位上課的學生，蕭邦老師不僅把他們當成是教學工作的對象，也是他用心在乎、關心的主角。他從不考慮EMBA學生的社會地位與財富多寡，一視同仁地嚴格要求大家用心學習、認真討論。他的每一堂課、每段進度，都必須扎扎實實，毫無妥協的空間。

達爾文的「適者生存、不適者滅亡」，體現大自然中殘酷的生存真理，而許多經濟學大師苦心鑽研的「賽局理論」，則是另一種文明的寫實鬥爭，從互動到算計，動靜之間皆需運用思考策略，以尋求自身最大的勝算與利益。然而，傳授這門理性科學的蕭邦老師，卻以溫柔大氣的框架，引導學生領悟思考的意義與競爭的境界，提供這群職場戰士一種全新的策略價值觀。

熱門課程加明星教授，吸引許多名人學生聽講，在這種星光熠熠的教室裡，李斯特更顯沉靜低調。感覺對任何事都了然於胸的蕭邦老師，會在特別難的議題討論中，當沒有同學踴躍發言時，指名李斯特表達想法，而李斯特幾乎都能答其所問。

學期進行一半，適逢學校週年慶師生聚餐，散會後，蕭邦老師前往捷運站，在候車的月台，恰巧碰到李斯特。「都好嗎？」蕭邦老師親切詢問他，兩人自在愉快地聊了起來。他們好像難得重逢的多年老友，在來去匆匆的月台上，李斯特不再是教室裡寡言的學生，因為蕭邦老師像個好朋友，聽他述說關於學業與事業的想法。

「各位旅客，現在進站的是最後一班列車……」直到捷運站的播音打斷了他們，上車坐了三站，兩人也剛好在大安站下車。走出車站，天空飄著雨。

「老師，您有帶傘嗎？」李斯特問。

「沒有，不過沒關係，小雨而已。」蕭邦老師開朗笑著回答。

「我也沒有帶傘。」李斯特不好意思說。

「那我們就雨中漫步吧！難得啊！」

蕭邦老師和李斯特握手道別，兩人各自朝相反方向，淋著雨走回家。這深夜的一場雨，像首寧靜美麗的《夜曲》，緩緩灑落在李斯特的心中。

隔年春天，李斯特的大兒子，獲得美國大學全額獎學金直攻博士，兒子說希望將來畢業後，能回台灣當大學教授，「那你一定要像蕭邦老師……」李斯特堅定的語氣，滿溢對蕭邦老師的景仰。

每一堂課都有結束的時候，但經典音樂永恆存在，鋼琴詩人蕭邦的21首《夜曲》（*Nocturnes*），無人能及。

十二 |

風雨中，貝多芬的一句話

樂聖貝多芬（Ludwig van Beethoven），集古典派之大成，又創浪漫派之先鋒，他處在一個社會極遽變化的時代，將古典音樂從貴族推向大眾，改變其時代意義。

職場裡的「策略管理」，經常在企業政策中造成廣大深遠的影響，而EMBA裡教授這門課的貝多芬老師，無意之間，也為克拉拉的職涯想像帶來巨大轉變。

「有個作家說過：『政治與經濟謀殺了文學！』，妳對這句話有什麼看法？」貝多芬老師冷靜自若地對克拉拉發動突襲。「嘿！我喜歡這個問題。」克拉拉心中暗喜。

坐在三位嚴肅的入學口試主考官面前，克拉拉開始興奮地說起故事。她將政治、經濟與文學當成三個好朋友，娓娓道來他們如何於文藝復興時代相識，爾後相知相惜，攜手締造人類文明史上的黃金時代。但又因為人性思想的複雜，帶來對立與矛盾，致使政治經濟與文學藝術壁壘分明……三分鐘的答題時間快到了，克拉拉認真專注地看著貝多芬老師做出總結：「只要找到那顆十六世紀時曾出現、能讓人互相了解的解藥，便能化血腥為友好，這就是現在文化創意產業所追求的經營模式。」貝多芬老師撐開他那雙小眼睛，晶亮的水晶球裡，盡是不知所措的笑意。

在管理學院享有「策略一哥」尊號的貝多芬老師，喜好在EMBA入學口試中，小小捉弄來應考的專業經理人或大老闆。「董事長，您都可以來教我們這些教授了，為什麼還來考EMBA？」「這裡不是扶輪社，您有沒有走錯地方啊？」「上課被小助教點名，您可要舉手回答，您應該幾十年沒舉過手了吧？」「貴公司的投資項目有問題，前天股東說明會的財務解釋更有問題，能請您再說明一下嗎？」看到這些平日在職場呼風喚雨的大人物顯露窘迫惶恐的神色，是貝多芬老師樂此不疲的事。

貝多芬老師也擅長創造新鮮古怪的問題鬧鬧學生，尤其是見到那些面對他那雙犀利、不帶丁點仁慈的眼神，依然輕鬆瀟脫的人。當克拉拉推開門，禮貌地說聲：「老師早安！」那愉快清脆的聲音，毫無疑問激起貝多芬老師的玩興，他便直接將早上看報時，一句瞄過但摸不著頭緒的話，轉問克拉拉。

這一問，開啟了個美麗的錯誤。

克拉拉好喜歡貝多芬老師給的這個問題，而「謀殺」二字更是深深吸引著她，並且在她的大腦中發酵，直覺它就是日後畢業論文的題目。好題目可遇不可求，克拉拉對貝多芬老師心存萬分感謝，並且認為貝多芬老師一定也熱愛文學與藝術，和她是同一國的。

通過口試、念完兩個學期之後，克拉拉才在學校走廊碰到一頭蓬髮的貝多芬老師。

「老師您好！好久沒見囉。」

「哦？好。念得怎麼樣啊？我們ＥＭＢＡ不是隨便念念就行的。」貝多芬老師一副麻辣惡師的壞模樣。

「老師，我一直記著你問我的問題喔。」克拉拉笑嘻嘻地說。

「什麼？」貝多芬老師一頭霧水。

「謀殺啊！」克拉拉認真回應。

「What？」貝多芬老師突然張大那雙小眼，勉強擠出一個滑稽又親切的學者式微笑，試圖平穩回應：「Well……」

「我一直在想這個問題，等我整理出更完整的架構後，再去找老師討論好了。」

「What？」貝多芬看起來滿臉問號，克拉拉當他是故弄玄虛。

「老師，你常看小說吧？最近那本《少年Pi的奇幻漂流》，小男孩Pi和一隻孟加拉虎的策略管理加賽局心理戰，涵蓋有趣的動物園經營法則，以及在大海裡和敵人的競爭與合作，老師你覺得這本書寫得如何？」克拉拉侃侃而談。

「Well……」貝多芬老師兩眼更加茫然。

「我覺得老師您的謀殺案提問，可以改寫成《少女Bi的奇幻歷險》……啊，上課了，老師掰掰，下次再找您討論，謝謝！」克拉拉禮貌道別，轉身走進教室，留貝多芬老師在鈴鐘聲響裡不明就裡地笑著。

直到第四學期的核心課程「策略管理」，克拉拉終於進一步接觸到真相：貝多芬老師和她是不同國的。

「我們先把『家務事』講清楚：缺課四次，當掉重修；期中期末測驗，是檢視你們對這堂課的了解程度；報告和討論最重要，弄清楚自己的思考狀態。還有，當別人發言的時候，要專心聆聽，分析、判斷別人不同的觀點。記得，你們都是忙碌的專業經理人，進來這間教室，務必虛心學習、用心思索，不要浪費別人的時間，更不要浪費自己的時間。」貝多芬老師的課程以「家務事」作為開場白，精準得沒有囉唆廢話，俐落得不帶世俗客套，瞬間將學生的上課心理帶到備戰狀態，使之能面對「策略即商場戰略」的意義。

貝多芬老師以難以思量的精神，捍衛「家務事」的存在價值。克拉拉班上一位上市公司董事長同學，因頻繁的海外出差而無法到課，他請到第四次假時，貝多芬老師通知他的祕書：「麻煩轉告董事長，請他下學年重修這堂課。」

一位董事長就此從這門課消失，有人叫好、有人批評，但沒人質疑過這堂課的寶貴價值。

教授「策略管理」如同教授「如何成為奧斯卡獎電影導演」，可以如大聲朗讀幾本教科書般簡單，也可以複雜到連上帝都想和你爭論：「這是一門科學或藝術？是工藝傳授或天生專業？」專業經理人學習策略管理的目的，是要戰勝競爭者，創造公司的利潤，課堂學習明明就在眼前，目的地卻在天涯。在匍伏前進的過程，要分析企業的競爭生態、思考設計策略，也要經過組織的決策與執行等。這條路的目的地還在茫茫大海裡，而前路蜿蜒崎嶇。還好有幾位大師發明SWOT、五力分析、BCG矩陣，協助思維架構（conceptual framework）的建立，就像聆聽音樂時，專家已經明白告訴你，音樂的三大元素就是節奏、旋律與和聲，看清楚了，一切就會很清晰。

貝多芬老師精心教導的「策略形成的思維架構——競爭策略分析模型」、「競爭生態分析圖」與「SCP命題」，並且大膽引用產業最新實例去呼應理論觀念，巧妙混合社會大學的經驗價值與學術研究的科學意義，彷彿他以五線譜指引你看見了音樂，讓你更明白音符的具體型態。

在課堂上的貝多芬老師，仍愛用他獨特帶刺的嘲諷啟發學生。他總是提些怪問題測試學生的思考彈性，極力挑戰大家的思考極限。他總是以懷疑之眼看著人說：「你確定是這樣嗎？你只想到這裡？還有沒有？往極限的缺口衝去吧！」對思考的追求，使他的眼神充滿鋒芒與智慧。

只是，克拉拉漸漸開始懷疑起貝多芬老師。

貝多芬老師所說的每字每句，克拉拉總是全神貫注地聽，從未發現一丁點「破綻」，透露他如何思索當年那個關於「謀殺」的好問題。「策略一哥」貝多芬老師不僅擅於整合、分析學生的想法，更有表達屬於自己的觀點和結論的勇氣，不在乎得罪或討好。問過學生的每個問題，他一定以身作則，坦率向學生分享自己的答案，無論是被認同或否定，皆毫不猶豫擔當一切，完全符合「一哥」風範。只是，當年問克拉拉的那個問題，卻消聲匿跡了。

「這堂課都快要結束了，老師都沒提過他喜愛的作家高行健？」克拉拉心中很納悶，因為她後來發現到，當天老師那句「政治與經濟謀殺了文學」，引用自當天高行健獲頒諾貝爾文學獎的演講內文。

不論世界有多平，管理學院和文學世界，總是明顯欠缺橋樑。克拉拉心想，若不是像貝多芬老師那樣有個人的濃厚興趣，多數企管大師和財經專家，很難將目光轉移到沒有股市行情和市場占有率資訊的文字上。

「他這麼深思熟慮，可能還在琢磨這個問題吧？」即使有些懷疑冒出頭來，克拉拉還是選擇暫時相信貝多芬老師的用心，持續研究那個好問句延伸出來的課題，並記錄自己的思考過程。

「思考過程比核心課程重要，核心課程可能只是種流行時尚，但思考過程絕對是永恆經典的。」貝多芬老師總是再三叮嚀，而克拉拉的「思考過程」一路前走，走著走著，她的論文大綱就寫好了。

克拉拉像私家偵探，對貝多芬老師當年所提出的「謀殺」一案緊追不捨，從第一學期第一堂課開始，就開始注意與蒐集相關的資料。過了五個學期，大致能以線索拼出全貌時，她就將探案結果提報給貝多芬老師，找他擔任論文指導教授。

「『文化創意產業新營運模式之研究』？妳為什麼會想寫這個題目？」

「這是我回答您當年口試問題的最後一句話。」

「妳還記得？」貝多芬老師疑惑地問。

「因為我很認真回答你的問題啊！老師您忘了？」克拉拉問。

「我是被妳的記性……嚇到忘了。」貝多芬老師一時之間不知怎麼回應，只好反問：「為什麼找我指導？」「因為題目是您問出來的，您最了解。」克拉拉面帶微笑回答。克拉拉跟他提起面試時曾被問到的問題。「我是看不懂高行健在說什麼，所以才問妳。」

貝多芬老師意外的回答，讓克拉拉錯愕得像碰到迷宮中的死巷。

「老師您開玩笑喔？」

「才沒有哩，我可是實話實說。上次在走廊，妳講了一大堆話，可把我搞糊塗了，後來我還去問了當時也在場的陳老師，問他記不記得我問妳的問題，好在他年輕、記性比我強。」貝多芬老師坦白得讓人下不了台，他不理會克拉拉瞪大的眼睛，繼續說著：

「高行健寫的小說還真難懂，寫什麼『還來我頭！我頭還來！還我來頭！頭還來我！還頭我來……』，那幾天看得我白髮多了好幾根。哎呀，我只看得懂核心競爭力、市場占有率、價值鏈這些東西啦。」

克拉拉輕聲佩服：「老師您好認真。」

凡事因誤解而了解，因了解而信任。克拉拉心裡清楚自己要找的指導教授，是個能夠對她直言不諱、批評見底的老師。克拉拉對論文主題與內容已有定見，但需要嚴師協助她架構點線面，找出說服自己與他人的新觀點，並且能和她一樣投入這個問題，而貝多芬老師為高行健長出的幾根白髮，正閃著值得信任的眼光。

體認真相，懷疑隨之消逝，繼之而來的，是不同靈魂碰撞而來的火花。

貝多芬老師在像似被颱風掃過的大桌上，隨意抽出一張紙，迅速寫下一長列的「提醒項目」，並且喃喃自語：「妳的大綱是縱向的邏輯過程，但還需要這些橫向的關鍵理論，加以科學性的剖析與探討，這樣才撐得起來。以上做好了之後，妳就可以像隻大鳥，飛起來，飛離學校了！」「老師，您用動物形容啊？」克拉拉揶揄地說。「哎呀，學妳的啦！」貝多芬老師露出難得的議俏表情。

「老師，下週六同學要辦一場〇〇七最新電影《誰與爭鋒》（*Die Another Day*）的首映會，您可以來嗎？」

「看電影？」貝多芬老師十分訝異學生提出這樣的邀約。

「因為我在論文裡會分析電影產業，多看電影，對我們的討論有幫助吧？」克拉拉自然回應。貝多芬老師勉為其難地點頭，摸一摸頭髮，嘴邊浮現一個自我解嘲的微笑：「上次看電影，頭髮應該還烏黑亮麗吧！」

到了週六電影首映會，貝多芬老師帶著念中學的兒子出現，班代看到立刻周到地遞上可樂與爆米花，貝多芬老師高興地捧著，和兒子走到放映廳入口，走進去沒幾步，卻突然拉住兒子，緊張地轉身問克拉拉：「請問這是限制級的嗎？」「我不知道，您太久沒看電影了，不清楚您如何衡量，您先看完再說啦。」

克拉拉沒料想，貝多芬老師真的就坐在龐德先生面前，認真「衡量」了起來。他後來在課堂上，竟跟班上同學討論：「〇〇七電影中，汽車、手錶及手機的置入性行銷費用，對於該廠商的投資報酬率是多少？附加價值如何估算？廠商的風險是什麼？」，下課後，班代對克拉拉說：「我終於知道，為什麼老師那天捧著滿滿的可樂和爆米花走出來了……」

凡事都能變成研究題材的貝多芬老師，有一回針對論文內容，嚴肅地詢問克拉拉：「藝術可以證卷化嗎？」「老師，您這個問題很有趣，但是，您問我就好了，請不要拿去問藝術家，可能會有被謀殺的危險。」克拉拉正色回答他。

由於文化創意產業所包含的元素，大多是抽象、動態的，尤其在人為運作部分特別錯綜複雜，貝多芬老師經常為了要找出所謂的「管理科學根據」煩惱不已，而管理學領域又最缺乏相關的文獻資料。一天，克拉拉拿了疊CD給他：「老師，您多聽音樂，搞不好會有點感覺喔！」只見貝多芬老師看到CD，感覺煩惱更多了。

過幾天，克拉拉又遞上一張DVD，是幾米的動畫短片《微笑的魚》。

「我有一隻微笑的魚？魚會微笑？」貝多芬老師念著DVD上的封面文字，眉頭不禁皺了起來。

「這隻魚是小男孩青春的玩伴或對初戀的迷戀，年輕男孩對自由的憧憬，中年男人寂寞的枷鎖，老男人渴望自由的出口，是一個簡單又美麗的生命故事。」克拉拉熱心解說，貝多芬老師的雙眼一眨也不眨，震驚裡難掩迷惑。聽說他後來回到家，看完那片只有短短十分鐘的DVD，連續十個夜晚盯著家裡的魚缸，不斷研究「簡單又美麗的生命」。

為了協助克拉拉畫出全新的產業價值鏈關係圖，貝多芬老師拿出自製的美國鋼鐵工業、航空業及沃爾瑪的分析圖，要克拉拉回家研究。

「啊？這些和文化創意有關係嗎？」克拉拉不安地問。

「做研究就是要充滿樂觀、懷抱希望，相信自己能發現新的東西，相信自己會說以前不會說的話。不相干的事物，搞不好能為妳從不一樣的方向，更清楚地看到原有世界的模樣。」貝多芬老師說話時，浮現出捍衛者的強硬堅持，有種讓克拉拉尊敬與感動的精神。

克拉拉努力研究鋼鐵、飛機和量販店，在毫無關連性的世界裡激盪腦力，竟也琢磨出能讓貝多芬老師理解的新圖，而克拉拉也逐漸對自己工作的世界，有了一份理性的深刻體會。

畢業口試前一週，克拉拉完成了論文。她坐在學校咖啡廳桌前，看著貝多芬老師扶著老花眼鏡，專心檢查眼前的論文內容。

「老師，其實這本論文只是我的第一篇報告。」克拉拉說。

「What？」貝多芬老師抬頭睜大了眼睛。

「因為您說學無止境，所以我會用一輩子的時間，回答您當年那個好問題。所以囉，這本論文只是個起頭。」

「我……總是被妳嚇到。」貝多芬老師拿下老花眼鏡，望向窗外被風雨吹打著的木棉花，不知在思考些什麼。

走出咖啡廳，依然風雨交加。「雨很大，妳車開慢點。」貝多芬老師說。

「老師您呢？」

「我在這裡等妳師母，她會開車來接我。」

克拉拉緊握雨傘，正要跨入滂沱雨中時，貝多芬老師突然開口：「克拉拉，指導妳論文最大的收穫是，我過去幾十年企管理論的想法被妳推翻了……」風雨的聲音很大，然而，老師這句話卻聽得好清楚，這是克拉拉最意外的一份畢業禮物。

音樂之父巴哈的十二平均律被稱為鍵盤音樂的舊約聖經，而新約聖經就是貝多芬的32首鋼琴奏鳴曲，被譽為聖經，我就不多言了，而寫完此篇故事的時候，我想聽的是這段樂章，來自鋼琴奏鳴曲《悲愴》（*Pathétique Op. 13- 2. Andante cantabile*）的第二樂章，貝多芬給了這段樂章的節奏標示是「如歌的行板」（Andante cantabile），一切，盡在不言中了。

落幕

在職涯裡的每個階段，
看公司權力，乃至於己身的遭遇，
都可能會有全然不同感受。

願跟著導覽人克拉拉的你，
在她遇見的某個職場故事裡，
找到一只安頓身心的樂符。

十三｜

狂想曲之最後的十三封信

狂想曲，一種富想像性格的器樂曲。其內容形式自由不拘，多數是由簡短而具強烈對比的樂段構成，有其敘事性。

轉化自happy發音的「黑比」，為克拉拉帶來各種思考與衝擊，然而走到最後，仍猶如一場幻想。在精采跌宕的「職場人生」裡，克拉拉發現，無須轉變妥協的「快樂」，才是最重要的。

一個週末午後，克拉拉打開電腦「黑比檔案」的十三封信，啜著咖啡，在文字中細細回想那段至今仍感深刻的日子。

這十三封信，是她在「文化差異」這個主題世界裡，為自我突破而烙下的印記，乘載著她對一段迷惘人生的的發問。如果EMBA畢業證書，是一張升官加薪的門票，這些信就是克拉拉誤闖《衝擊效應》（*Crash*）人生影廳的離場票根。

這十三封信，源自克拉拉職場生涯中的一首狂想曲。樂曲在不同價值觀交錯的十字路口響起，紅綠燈此起彼落，直到克拉拉親自劃下休止符。檔案裡，每封信的收件者都是前老闆黑比，他曾和克拉拉在掙扎、碰撞中，努力尋找可以一同前去的途徑。

當時擔任高階經理人的克拉拉，和黑比在工作中互動相當頻繁。因為接觸得多，彼此的鴻溝便漸趨明顯，衝擊也隨著時間的累積而更為強烈。最後的石光，就像第一封信開始的那個夏天，那艷陽閃耀得睜不開眼的夏天。

第一封信

親愛的老闆，

上班第一天，您問我：「為什麼會來本土公司？」我當時回答您，希望做個全方位的creator。一個月過去了，客氣與謹慎的同事，在我眼底構成一幅「霧裡看花」圖。雖然我背熟了每個人的名字，卻依舊不太懂他們，但請您放心，我會繼續努力的。

克拉拉看著這信笑了笑，是啊，不同於以前外商公司老闆重視工作效能，黑比總是叮囑她，不用急著做出業績，但要盡快融入公司文化。有一次，黑比突然問她：「妳知道妳底下的舒伯特結婚很久了，但沒想要生小孩嗎？」克拉拉搖頭回答：「這是他的隱私，我不會知道，也不會去問。」黑比皺了一下眉頭說：「妳要用我們的方式了解、關心他們，這樣妳就會懂他們了。」

第二封信

親愛的老闆，

下個月新產品的發行計劃已經擬好了，發行數量也和業務部達成共識。可是，每個業務單位的主管，在確定通路首批發貨量後卻會問我：「老闆覺得呢？」我覺得，應該是我們都先分析、討論後，再請您做最後的整合判斷，並簽核確認。為什麼大家一開始都先問您的想法如何？這是「文化習慣」嗎？這樣，您會不會太辛苦了？

後來克拉拉才發現，黑比一點也不覺得辛苦，她完全誤解了。她客觀遵循核決權限中的授權範疇，潛意識忽視資深員工每每掛在嘴邊的「老闆覺得呢？」在這間公司有多重要。其實，這就是這個充滿差異的世界中的常態，如黑暗房間裡有著各式外人所不熟悉的家具。不夠敏銳的克拉拉並不知道，隨心所欲地走，多容易被絆倒。

第三封信

親愛的老闆，

舒伯特提出的A計劃，我評估過認為可行。雖然是全新的產品線，但成本風險很低、可以提高公司品牌形象、投資報酬率又高，請參考附件分析表。但是，今天我從外面開完會回來，聽他說您反對？我想了解您的想法是什麼，是否可以跟您約明早溝通？因為很多競爭公司在爭取這個案子，對方希望我們明天中午之前回覆，謝謝您。

那次，其實克拉拉早已核准舒伯特的A計劃，一方面是因為簽約預算在她的權限範圍內，另一方面，她深信A計劃的暢銷潛力，絕對能為公司創造佳績。而黑比那天聽完克拉拉清楚明確的報告，看起來也不見絲毫不耐。他緩緩開口：「克拉拉，我說我反對嗎？我只是告訴舒伯特，我『擔心』一些項目而已。更何況，妳都簽字核准了，我應該尊重妳的專業啊！加油、加油！」黑比的這番話，讓克拉拉啞口無言。

舒伯特是個說話實在、不加枝節的人，而黑比也確實在昨天下班前，發了一封電子郵件給克拉拉表達「反對」之意。克拉拉記得她這時開始困惑：「難道，在這家公司裡，『反對』和『擔心』是同義字？」

第四封信

親愛的老闆，

我想和您商量一件事：之後，若您「擔心」任何案子，請隨時告知。在您的擔心未完全消除之前，我們都不會進行。

第三封信提到的A計劃，在推出後獲得空前的成功，黑比高興得請大家吃飯，並當眾稱讚克拉拉深具市場眼光。飯局結束後，舒伯特將克拉拉引到角落，低聲問：「老闆到底滿不滿意這個案子？滿不滿意我們啊？」

「你為什麼這樣問？」克拉拉不解地回問。

「因為老闆剛剛在妳去化妝室的時候跟我們說，以後所有的案子都要給他看過，不分預算範圍。」

克拉拉記得她那時拍著舒伯特的肩膀說：「你別想太多了！他說你們都做得很好呢！他要看每個案子，是因為關心我們執行的細節啦！」舒伯特點點頭，向克拉拉道別後，騎著車離去。

克拉拉緩緩走到停車場，她精神異常散漫，忘了自己車子停放的地方。不安湧上克拉拉心頭：「我剛才對舒伯特說謊，黑比根本沒這麼說。而且，黑比根本沒告訴我，以後所有的案子他都要先看過……」那晚，她在停車場繞了好幾圈，終於找到自己的車子。只是原先很清晰的方向，在信任的消蝕中逐漸模糊了起來。

第五封信

親愛的老闆，

今天您在主管會議所提出的願景，讓人對未來充滿信心。我們在您的帶領下，一定會衝破市場的不景氣難關，再創業績新紀錄。只是，對於小星星的B計劃，希望您再考慮一下，因為我和財務長及業務經理都溝通過，那可能會是無法獲利的案子，所以我才會對B計劃很保留。

在黑比的半指示下，克拉拉慢慢學會用「公司文化」的角度來看待核決流程，那就是所有提案不管三七二十一，先呈給老闆黑比過目再說。如果黑比和她的想法不同，她會請相關部門主管共同評估，只要對公司有利，她還是會盡力並婉轉說服黑比，從沒想過要放棄溝通。

但是，這回克拉拉真不明白，為什麼黑比堅決要進行小星星所提的B計劃。那個發行案想法相當陳舊，營業額及毛利都很低，完全不符合黑比經常高喊的目標：「創新創利潤。」讓克拉拉更不解的是，財務長及業務經理昨天明明跟她一樣不同意B計劃，卻在黑比說了一句「這案子若賠錢，我負責！」後，就馬上改為附和。昨天大家理性謹慎的思考，讓今日莫名轉向認同更顯得詭異。

在EMBA的企管報告中，從反對到認同，需要長篇的探討與論述，但黑比僅需搖頭、點頭，甚至只要輕掃一眼，反轉就能成立。

會議結束後，克拉拉跟著業務經理到了茶水間，她問：「你們怎麼又突然同意了？為什麼不提一下你昨天的想法？」

「老闆想做，我們就去做嘛。」業務經理笑了一笑，低下頭為自己倒了杯咖啡。

但克拉拉不改初衷，她等了兩天，等不到黑比對「保留評估」的更進一步回應，克拉拉決定再寫一封信給他。

第六封信

親愛的老闆，

我準備了更詳細的分析資料，可以約您再談談B計劃嗎？

黑比很快回覆了克拉拉，約當天下班後在公司樓下的咖啡館討論。「妳那麼堅持反對B計劃，到底是為什麼呢？」黑比客氣地詢問克拉拉。

「因為大家真的很仔細地評估過了。」克拉拉平靜堅定地回答。黑比突然笑開了，說：「好！我就是欣賞妳的堅持和勇氣，敢來找我溝通的勇氣！」一瞬間，克拉拉懸掛在心頭的擔憂消失了。那天，她和黑比有個難得愉快的晚餐，而黑比也當著她的面同意暫停B計劃。

吃完晚餐，克拉拉開心地回辦公室收拾東西，正要關上電腦時，看到一封管理部主管寄來的郵件，主旨是「核決權限修正案」。細看發信時間，那時候她還在跟黑比用餐。克拉拉打開信件，赫然發現只有自己的權限被調降，她盯著電腦，悠悠喃語：「我又不懂了……」

第七封信

親愛的老闆，

先謝謝您接受我對B計劃的想法，另外，我也收到新的核決權限表。請容我冒昧請教，是否您不放心我評估的能力，或另有原因？無論如何，我會尊重公司的所有調整，也謝謝您寶貴的指導。

「核決權限修正案」後，黑比只回了一封短信：「謝謝妳的配合與努力。」還是沒有告訴她「修正」的原因。經過了這些事，克拉拉努力調整自己，試著不正面討論問題，盡可能地融入這家公司的文化。或許，黑比不清楚的回應，就已經是回應了。在這裡，凡事愈想要開門見山，就會像剝洋蔥，多剝一層，多嗆一回。

她不斷告訴自己：「業績要做好，至少，數字的好與壞，是我可以掌握的。而其他不懂的，就全聽老闆的。」因為黑比是這家公司文化的核心，他有如地心引力，當克拉拉有特殊的想法凌空跳出，最終只會重重摔回地面。

克拉拉記得她剛進職場時，只會認真用心工作，不懂順從討好，直到前主管瓦力硬生生將她從舞台上最耀眼的地方拉下來，她才明瞭做人與做事的正確順序。後來，她在強勢銳利的布拉下工作，更體會到做人與做事的平衡是何等重要，因而在往後獲得一大段順心如意的辦公室歲月。

但是，那時面對黑比，不只要應付人與事，還有「看不見的東西」需適應。而這「看不見的東西」，克拉拉稱之為「文化差異」。

第八封信

親愛的老闆，

聖誕節快到了，當天晚上我會邀同事到「大使館酒坊」慶祝，在此盛重邀請您參加，祝您聖誕快樂！

那年聖誕，克拉拉主動為公司舉辦派對，結果來的大多是自己部門的同事。克拉拉心想：「難道是其他部門同事不好意思來嗎？」她走到大使館酒坊門外，想要多打幾通電話邀其他人來，結果看見黑比正走過來。

「老闆，你來了，聖誕快樂！」克拉拉高興地對黑比說。

「聖誕快樂！不過，我只待一會兒喔。」黑比客氣回應。

聖誕之夜大家玩得很愉快，在酒酣歡樂的吵鬧聲中，沒人留意黑比何時離去。星期一上班時，克拉拉踏進公司就嗅到了一股詭異的氣氛。

「妳趕快去開電腦……」舒伯特彷彿快要哭出來似地說。克拉拉緩緩走到辦公桌前，用最慢的速度打開電腦，心想：「為什麼壞消息都要由電腦來傳達呢？」

她以最溫柔的方式移動滑鼠，輕輕開啟主旨為「克拉拉協理獎懲一案」的信件。信上寫著：「公告——針對「大使館酒坊聖誕派對」，克拉拉主動熱情提案舉辦，立意良好。為鼓勵同仁效法學習，予以獎勵，記嘉獎乙次。惟克拉拉主辦本次活動，未達跨部門聯誼目的，恐破壞公司向心力，招致反效果，應予以懲處，記申誡二次。本案獎懲相抵計為：申誡乙次。」

克拉拉反覆閱讀這段文字，腦袋僵硬得像混凝土。突然間，手機響起，是前同事姆斯傳了一封簡訊給她：「克拉拉，我在新宿街頭的聖誕樹下想念妳、祝福妳，聖誕快樂喔！」面對從遠處傳來的暖意，眼前黑比的懲處更顯冰冷。她把手機緊緊壓在胸前，用深呼吸將淚水逼回眼眶。

第九封信

親愛的老闆，

對於聖誕派對獎懲一案，我深感抱歉，並虛心接受您的指教。

克拉拉花了很大的力氣，平息內心的大風大雨，發出「虛心接受指教」這封信給全公司。這樣的一封信，縱使澆熄了大家「等著看好戲」的熱情，或許也給了黑比「意外但放心」的滿足，但是，聖誕節當晚同樂的同事看到後，卻滿是悲傷與不安。

「妳為什麼不跟老闆解釋呢？這是個自由參加的聖誕派對，怎麼被安上搞小圈圈的罪名？」舒伯特滿臉愁容地問克拉拉。克拉拉看著為她抱屈的下屬，一肚子的話，半個字也說不出口。

「剛開始那個擅長溝通、勇於突破的妳不見了嗎？我本來以為，妳會為公司帶來不同的文化，結果……」舒伯特眼神更加黯淡了些，她仍然選擇不發一語。舒伯特的誠摯而直接的質疑，像一根根帶毒的長針，猛烈地刺著克拉拉，她感到十分痛苦，卻全然動彈不得。

沉默折磨了兩人數分鐘後，舒伯特仰起頭深深吐了一口氣，緩緩地問：「那，需要我幫什麼忙？我們可以為妳做點什麼嗎？」

「像平常一樣繼續工作。雖然你們的主管被記申誡了，但請還是跟往常一樣工作，這就是幫我最大的忙了。」克拉拉終於開口。

「我知道了，我們盡力。」舒伯特臉上牽起一弧笑，轉身走往自己的座位。他跨了幾步，突然回過頭來，無聲地對克拉拉說：「聖誕快樂。」克拉拉因壓抑而蒼白的腦海裡，響起甜美溫暖的歌曲。

「是的，像往常一樣工作……」克拉拉心裡很清楚，她必須減低獎懲事件的餘波。畢竟當初，是EMBA同學海頓介紹她來這家公司的，海頓和黑比是相識多年的好友。

海頓相信克拉拉的專業，黑比信任海頓的判斷，克拉拉則認可海頓當時的正面思考：「大家都說，妳和黑比是不同世界的人，妳和這家公司的文化差異懸殊，理念不同很難共事，妳要相信別人還是自己？」為了維護那一環又一環的信任，克拉拉必須努力擦拭掉所有的不明白與不愉快。

第十封信

親愛的老闆，

附件是我們下週一要去香港開會的完整資料，請過目，需要任何修改或補充，請隨時吩咐。另外，我也將這個月所有要執行的工作進度與項目，整理成一份報告給您，附件標題是「點燃春天」。其實，我已經完成大部分工作，因為下週香港會議結束後，我想請五天年假，但請您不用擔心，我會二十四小時開機，讓大家隨時都可以找到我！

最近是公司業務的旺季，您昨天還特別交代主管盡量不要請假，要在工作崗位上全力衝刺，但是真的很抱歉，確實有緊急事情必須請年假，希望您能夠諒解。

要在公司最忙的時候請長假，已經夠讓克拉拉猶豫了，更何況，黑比才剛發號施令，要求一級主管這段時間務必堅守崗位。只是，那通來自舊金山的電話，實在不容克拉拉做其他選擇。

香港出差前一天，克拉拉才拿到黑比批准的請假單，上面粘著一張黃色便條紙：

「發生什麼事？需要我幫忙嗎？」

克拉拉看著這張輕飄飄的紙片，心中感激萬分，她馬上拿起手機打給黑比。

「老闆，謝謝！」

「哦？我在開會中，明天我們再聊。要不要我去接妳？」

「謝謝，不用了。」

黑比原本想去克拉拉家，接她一起去機場，這樣就能避開業務經理，私下問她是什麼緊急的事情突然請年假。但是，克拉拉不想多談請假原因，黑比的善意無法成功表達，雙方被一種無形的感覺拉開，無辜地造出更多距離。

隔天，他們在香港和製作公司開會時，發現大家預期的版稅數字完全不同。克拉拉和業務經理，願意同意對方原先已達成共識的數字，目的是要緊搭已炒熱的流行趨勢，奪得產品在台灣上市的首發時間，發揮時效的最大價值，強化公司活躍的品牌形象，而黑比卻希望以拖延戰術，爭取最低的版稅條件，降低公司的成本壓力與投資風險。

「我們可以拖延談判的時間，但機會不會等我們。老闆。我們跑到香港來，不就代表對這個案子分秒必爭嗎？」克拉拉在會議室外面，在黑比耳邊輕聲說。她壓低音量接著說：「昨天在台北，你不是已經同意我們建議的數字？」

「我現在有不同的想法了，不可以嗎？」黑比詫異地看著克拉拉回答。在克拉拉欲言又止之際，黑比繼續說：「我要養公司多少員工，背後又有多少個家庭需要公司給的薪水過活，妳清楚嗎？妳努力幫公司賺錢，我盡力為公司省錢，但你記得發薪水的人是誰嗎？」黑比一字一句說，漲紅的臉帶著些微憤怒，他揮一揮手，別過頭不看已發楞在旁的克拉拉，喃喃自語：「妳為什麼急著要做決定？跟妳後天開始休假有關嗎？」

第十一封信

親愛的老闆，

我到舊金山兩天了，私事仍在處理中，我會盡力按原定時間回公司上班。只是，我想跟您確認的是：「我要回去上班嗎？」

去香港開會前的那一陣子，忙得天昏地暗、焦頭爛額，突然出現的一個壞消息，更讓我感到心力交瘁。那天，看到你貼在假單上的紙條，讓我好感動，原來總是對我不滿意的老闆是關心我的！您那一刻的體貼，為我疲弱的心臟打了一劑強心針，感覺一切又有了希望。但是到了香港，我又不懂了。您為何那麼激動？為什麼只對我發怒？業務經理不是和我提一樣的數字嗎？為什麼總是針對我？

我唯一能明白的是，您有您的壓力與焦慮，當我們這麼多人的肩膀，真的很辛苦。而我唯一能做的，就只是在工作崗位上盡心盡力。

附件資料是我進公司以來，每個月的工作重點紀錄，以及對每個案子思考的來龍去脈。希望您會看到一個賣命工作的機器人，骨架輪廓裡的血肉情感。我只是想告訴您，我對得起這家公司、這份工作，還有您。

克拉拉想起她寫完這封信後，當時在太平洋另一端的她，打了一通長途電話給舒伯特。她沒問起部門的工作狀況，只是交代舒伯特：「無論如何，請幫我照顧擺在窗台上的那個小盆栽，請你一定要讓它好好活著。」

「怎麼啦？」舒伯特問。

「對不起，我不想說。那個小盆栽麻煩你了。」

第十二封信

親愛的老闆，

昨天我和同學海頓碰面了，我告訴他，雖然很希望相信自己可以，不過終究還是得認清現實。工作是人生的一部分，也可以是人生的全部，但它不該與人生對決。我曾經嘗試面對這裡不一樣的公司文化，學習與不斷讓我困惑的一切妥協，最後卻走向與內心聲音對決之路，真像一首找不到邏輯結構，卻夠精采多變的幻想曲。

海頓說：「妳就下台吧！還有很多舞台要上呢，妳想錯過嗎？」我虛心接受這樣的意見，而如今我想說的只有，謝謝您，再見。

海頓的話語是克拉拉借來的面具，遮掩住離職的真正原因。那些壓抑困惑的虛假樂觀、力求和諧的冷靜表象，與她咬牙撐過每一關的氣力，最終被突如其來的死亡收拾得乾乾淨淨。

她親愛的黑騎士舒曼先生，在香港會議之前，從舊金山打了一通電話給她：「克拉拉，妳盡快到這裡來，我生病了，沒剩太多時間！」而克拉拉卻仍照原定行程，先和黑比到香港開會之後再去舊金山。她延遲了一個禮拜，舒曼先生已經被從加護病房送回家裡，等著人生最後的時刻，再也沒有和克拉拉說話的力氣。

從舊金山回來後，克拉拉開始整理辦公室的東西，桌上堆積如山的文件和簽呈，她全部拿給舒伯特，請他交給黑比過目和簽核。

「過去你賦予這個職位的所有權力，全都還給你。」克拉拉在心裡對黑比這麼說。

舊金山的喪禮，那黑色的莊嚴與靜默，撼動了壓在她內心底層的安定假象。最虛假與最真實的，從受到震盪的意識中漸漸鬆動，一一浮現。克拉拉終於了解，黑比其實是用「權力暴力」，去解決他們之間的難題，她卻總是用退讓迴避應對，使拳頭撲了個空。「權力暴力」，這是克拉拉意外學到的一堂課，企管書籍沒寫到的四個字。

舒曼先生被上帝帶走的那一刻，克拉拉終於認清，那些掙扎著想活下去的力氣、在生命中與自己或他人對決的力氣，在死亡出現時，連向人間說再見都沒有辦法。她想起兩個月前，舒曼先生曾寄了一封電子郵件給她：「如果想好好活著，就找個能開心的地方工作吧。」這是克拉拉將獎懲公告轉寄給舒曼先生後，他寄來的回信，也是他給的最後一封信。在「黑暗房間」裡淪為權力暴力受害者的克拉拉，此刻已經無法開心工作了，她快速寫好辭呈，走出「黑暗房間」，走向「好好活著」。

克拉拉將一切收拾妥當，下樓走到停車場，她看著自己的車，一如往昔和黑比的車並排著。克拉拉打開車門時，忽然覺得心跳加快，眼前似乎出現了一幕恐怖的影像：她和黑比的這兩台車，在馬路上互相追撞，輪胎一路瘋狂地咆哮，他們還是繼續猛踩油門，直到一輛大卡車迎面疾馳而來……

「克拉拉，這個小盆栽？」舒伯特不知何時來到她身邊，輕拍她的肩膀說。她猛然一振，定了定神後發現，方才的險境已然消失無蹤。她看著這個體貼的下屬，心裡一陣溫暖流過，笑著說：「謝謝。」

「那，我們保持聯絡。」舒伯特輕輕托了一下他的銀邊眼鏡，透明鏡片將他真摯清澈的雙眼，映得晶瑩光亮。

克拉拉坐上車，手握方向盤，在停車場多繞幾圈，向這裡的每一根柱子、每一盞燈道別。她在曲折蜿蜒中，平穩了她起伏的情緒。當她在出口前按下右轉方向燈時，瞥見那個珍貴的小盆栽上，插著兩張紙卡。她知道一張是十三個月前，舒曼先生送的時候寫的；而另一張，則有舒伯特的筆跡。克拉拉好奇地伸手拿起來看，上面寫著：「克拉拉，我有讓它好好地活著喔！加油！」她忍住內心的不捨，將車緩緩開出停車場移往路邊，右腳顫抖地踩住煞車，頭倒在方向盤上，放聲大哭。

第十三封信

親愛的黑比，

離職之後，我並沒有如大家所謠傳，到競爭者的公司上班。我到故宮參加兩個多月導覽受訓，今天剛通過檢定考試，成為正式的故宮導覽義工。每個禮拜一為英語系的遊客服務，並且因為換展所需，其他時間都要看書。你很久沒來故宮了吧？

在故宮裡，導覽義工和外國遊客的熱絡對話，為一件件氣質悠長的文物伴奏，宛若典雅迷人的藝術歌曲，展現穿越時空的文化驚嘆，而不是紅塵世間的世俗衝突。眼看一年四十二次的服務約定即將屆滿，最後一個月，除了自己固有的週一班，她偶爾也會在星期六幫同事代班。

星期六下午，克拉拉結束導覽工作走到一樓，出入口票口的同事向她招手：「克拉拉，剛才有一個中年男人來問我妳是星期幾在這裡工作，我跟他說妳今天剛好有來，但他一聽就走開了。」「你有問他名字嗎？」克拉拉問，「還沒來得及問，他就走了。」同事說。

克拉拉在出口張望了一下，一個小男孩在眼前跑來跑去，好像在找人，後來他停在郵局的門口，大聲叫喊：「爸！你一直在郵局裡面幹嘛？」克拉拉忽然認出這個小男孩，她記得剛才從二樓走下來的時候看見過他。

克拉拉好奇地往郵局裡看，竟然見到了黑比，兩人相視一時不知該說什麼好。

「剛剛是你問我同事我在不在，是嗎？」克拉拉終於先開口。

「沒有啊！」黑比不自然地說。

「爸爸，你剛才不是說要找位阿姨，你公司以前的音樂總監？」小男孩拉著黑比的手問，克拉拉和黑比突然陷入尷尬的沉默。

「妳……在這邊工作……好嗎？」黑比問。

「在這不算工作，義工而已。離開你的公司後，一時沒找到適合的工作，所以我先來這裡打發時間。」克拉拉回答的很直接，黑比不語。

「你來找我幹嘛？」克拉拉追問。

「我沒有來找妳。」黑比說完拉著小男孩離開。

時間尚未沖淡彼此的對立和尷尬的狀態，黑比剛剛實在很想跟克拉拉說他也去報考了ＥＭＢＡ在職專修班，而且，還成為了克拉拉的學弟，但一面對被他鬥走的克拉拉，竟又說不出口。而克拉拉看著黑比的背影，就想到失敗的自己，突然好感傷，心想：「希望以後別再見到這個人。」

克拉拉想都不會想到，下星期ＥＭＢＡ迎新聚會中，她將會再次見到黑比。